导弱水，至于合黎，余波入于流沙。

——《尚书》

额济纳河畔

牛海坤 著

远方出版社

时　代　楷　模

中宣部会同国家林业局，给予"时代楷模"苏和的颁奖词：

　　苏和是内蒙古自治区阿拉善盟政协原主席，2004年从领导岗位退休后，回到家乡额济纳旗沙化最严重的黑城地区，克服许多难以想象的困难，坚持植树造林，为当地的生态文明建设做出了突出贡献。他的先进事迹，体现了忠诚于党、热爱祖国的坚定信念，艰苦创业、迎难而上的拼搏精神，一心为民、无私奉献的高尚情操，生动诠释了社会主义核心价值观的深刻内涵。

谨以此书献给改革开放 40 周年，

献给绿色文明守护者苏和，以及用生命、青春和热血铸造

美丽中国的额济纳人。

前言

　　2017 年 3 月 25 日，苏和在日记中写道："我和老伴儿、两只小山羊一家四口顺利抵达黑城。"与往年一样，老人要在这里种八个月树，与往年不一样的是，此行多了两只山羊做伴。戈壁沙漠，飞沙走石，初来乍到的小山羊极度不适应，整日咩咩叫个不停。苏和懂得小山羊的感受，把它们送到屋后的树林里，有了梭梭的遮挡，小山羊果然安静了下来。

　　十几年来，每到早春三月，苏和忙碌的日子就开始了，而这个季节正是额济纳戈壁上沙尘暴频发的时候。虽然大地还没有完全解冻，但是入冬前种下的梭梭树，在这个时候就需要浇水和管护了。年过七十的苏和，这一年的植树生涯依然从一个风沙连绵的春天开始。苏和家往南三百米，就是西夏古城黑城遗址。

　　黑城，位于巴丹吉林沙漠边缘，曾是西夏重要的商埠和元朝在西北地区的最后一座军城，史学上称这一带为居延黑城绿洲。它曾有过无与伦比的绿洲森林环境，绿洲农业文明，也曾是古丝绸之路的重要枢纽，厚积着辽、宋、夏、金大量的文化遗产，但是由于气候、战争、过分地开垦与砍伐，绿洲终被流沙吞噬，流沙漫过十多米高的城墙，堆起了连绵的沙丘。

"不能让黑城在我们这辈人手上消失，沙起额济纳的帽子一定要摘掉，还原黑城植被繁茂的本来面目。"面对家乡日益恶化的生态环境，有着强烈责任感的苏和血液奔涌，默默立下了一个坚定的誓言。

苏和，土尔扈特蒙古族，阿拉善盟政协原主席，正厅级干部。2004年初，苏和向自治区党委提出申请：提前两年退休。原因令人震惊：到黑城种树去。这是一个近乎于疯狂的决定。额济纳干旱少雨，风沙肆虐，1992年，联合国人类生存环境调查组曾将这里定为"不适合人类生存的生命禁区"。而苏和要去种树的黑城，是额济纳两大风口之一，又是其中生态最为恶化的地方。苏和不顾家人的反对和亲戚朋友的劝说，领着老伴儿返回额济纳，决意在沙漠深处种植梭梭树。

搏击在生存厄境十数年，苏和自始只有一句话：心愿不了，这辈子不安心。

目录

上部

中部

下部

上部

第一章　额济纳河断流

东方风来满眼春。

1992年，南方春早，祖国春早。

20世纪的最后十年，世界从一开始就不平静，经历了东欧剧变、苏联解体，偌大的一个社会主义大家庭遭遇重创和挑战。面对这世界性的难题，各式各样的人物相继给出了自己的答案。

在这关键时刻，改革开放总设计师邓小平发表了著名的南方讲话，对世界做出了响亮的回答。中国将坚持"走社会主义道路，逐步实现共同富裕""走改革开放的路，一百年不动摇""胆子再大一些，步子再快一些""抓住时机，发展经济，争取几年上一个台阶""革命是解放生产力，改革也是解放生产力""改革开放的判断标准主要看是否有利于发展社会主义社会的生产力，是否有利于增强社会主义国家的综合国力，是否有利于提高人民的生活水平""计划和市场不是社会主义和资

本主义的本质区别""贫穷不是社会主义，资本主义可以搞市场经济，我们社会主义一样可以搞市场经济"等等。一系列著名的论断标志着马克思主义与中国实际相结合的第二次历史性飞跃的思想结晶已经形成。

南方讲话迅速传遍了祖国的大江南北，开启了中国改革开放的新时代。跨进改革开放的新时代，中国以勃勃英姿，在改革开放的道路上阔步前进。

1992年5月11日，北京。一场大雨后，长安街草木葱茏，春意盎然。北京民族宫礼堂红旗招展，会场里掌声雷动。正在召开的加快民族地区经济发展的会议，激起了来自全国各少数民族地区代表的热烈响应。

在会场的一角，端坐着一位身着蓝色蒙古袍的蒙古族汉子。他正值壮年，面部棱角分明，深邃有神的双眼透露出一股沉稳与坚毅。作为少数民族地区的代表，能在这样的时刻参加这样的会议，他的激动与兴奋可想而知。他清楚地意识到，要发展民族经济，加快民族地区的发展，必须抓住机遇，跟上国家经济形式的发展，搭上国家加快改革开放的快车。因此，对于这位蒙古汉子来讲，除了兴奋与激动，他更多感受到的是肩头沉甸甸的责任。他叫苏和，时任内蒙古自治区阿拉善盟额济纳旗旗委书记，来自中国的大西北。

苏和聚精会神地听着，时代发出的召唤在他心中涌动，大胆创新的种子也开始在他心里生根。蒙古族有句谚语说得好："幸福的生活就在手上，左手是勤俭，右手是劳动。"他恨不得马上就行动起来，带领家乡人民抓住这千载难逢的历史机遇，用勤劳的双手摘掉国家级贫困旗的帽子，尽快使额济纳发展富裕起来。

生于1947年的苏和，见证了国家几十年的发展。同那个时代的人一样，他遭遇过磨难，经历过饥饿和贫穷，但始终未改的是对党的赤胆与忠诚。在从政的20多年里，他凭着踏实的作风，惊人的胆识，带领家乡百姓走出了缺水、缺电、没路，被风沙阻隔的困境，并使原本落后的纯牧业旗有了外贸煤炭工矿产业，创下了旗财政收入跃居全盟各旗第一的好成绩。应该说，是改革开放点燃了他的激情，让他全身心地投入崭新的时代。这一刻，听着国家领导人的讲话，他已展开了大胆的构想，一幅壮丽的蓝图在他心里渐渐清晰：额济纳旗地下的矿藏种类丰富，储量惊人，它虽地处大漠戈壁，不可能像中东那样依靠资源快速崛起，但依然可以充分利用资源优势，推动地方经济的发展；额济纳旗有国防科工委的科研基地，完全可以凭借科研技术优势，对环境资源进行开发利用；中国的策克口岸就在额济纳境内，用口岸经济发展，加大对一系列相关产业的引领和带动；额济纳还有举世瞩目的居延文明、汉唐文明、古丝绸之路文明遗存，是一片等待开发的文化圣地……随着改革开放的深入，中国的崛起，大西北必然会重振雄风，奏响古丝绸之路繁荣的交响……

苏和对未来充满了信心。

大会已进入新的议程，这时一张纸条传到苏和的手里，他打开，一

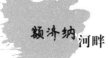

行字映入眼帘，"请苏和书记出来一下，十万火急！"苏和心里一惊，他转过头去，看见一位工作人员正低着身子站在过道上向他招手示意，他迅速离开座位，随工作人员走了出去。

苏和想不出会有什么十万火急的事，在来北京开会前，他已对近期的工作做了认真详细的部署和安排。

他们来到了前厅。

本来大会有着严格的纪律，会议期间不准迟到、早退、缺席、会友等，但就在半小时前，工作人员接到了一个从很远的地方打过来的电话，尽管他极力解释会议期间不准找人，可在对方的一再请求下，工作人员还是听完了电话。他听完电话后立刻去大会会务组汇报情况并得到许可，这才走进会场找人。

工作人员对苏和说："苏和书记，您好！半小时前，我接到了额济纳旗旗长打来的电话，他让我告诉您，额济纳河断流了……"

苏和脑子嗡的一下，身子不自觉地晃了一下，他问："你说什么？"

工作人员又说了一遍："额济纳河断流了……"

额济纳河是额济纳各族人民赖以生存的命脉。它断流了，生活在河畔的人们怎么办！苏和的心跳急剧加速。他不敢想断流之后，生活在河畔的人们那焦渴无助的场面。

苏和牙关紧咬一声不吭，拳头捏得咯咯直响，憋得通红的脸很快变成绛紫色，身体也开始剧烈地颤抖，大颗大颗的汗珠顺着脸颊流了下

◆古河道里的沙丘

来。工作人员赶忙上前扶住了他，并喊来几个工作人员把他扶进值班室。他们让他坐下，他却执拗地请求工作人先帮他把电话接通。

这一年，中国的北京、上海、广州等大城市刚刚有了大哥大。对于大多数的中国人来讲，打长途电话是需要电话局接转的。

过了几分钟，工作人员通过长途电话局帮苏和接通了电话，他迫不及待地跑上前接听。听到电话那边急切的说话声，苏和的眼睛湿润了，他一边擦泪一边嗯嗯地答应。

几个工作人员面面相觑，他们难以理解这泪水的沉重，他们更无法

知晓水之于额济纳的重要意义。

电话那边已经讲完。

"请转告同志们，我这就请假回去……"苏和尽量平静地说道。

他放下电话，呆呆地向外走去，没走几步，像是想起了什么，他突然又转过身来，将右手放在心口对工作人员深深地鞠了一躬，"谢谢你们！"

苏和向大会会务组做了请示和汇报。事关重大，会务组批准他可以提前离会。临走前，他眼含热泪走到会场门外又听了一会儿，这才恋恋不舍地离去。

苏和直奔车站，火车发车时间是晚上9点40分，苏和看了看表，距离发车还有很长一段时间。他找了一个座位坐下后，拿出大会上发的文件材料看了起来，随着一行行闪耀着智慧、饱含着民生情怀和战略光芒的文字在眼前流过，他的心中又燃烧起希望和憧憬。民族地区只有这样发展，才能让百姓过上好日子摆脱贫困。可是，不一会儿，现实又开始涌上心头，让他痛心：额济纳河断流了，水没了，再好的政策，对于额济纳也是一场空。苏和心中纠结得发疼，在自己的腿上重重地砸了一拳，他的情绪一会儿迷茫低落，一会儿振作憧憬。忽而，想起会议的内容精神，眼前一亮，国家的政策形势这么好，会好起来，一定会；忽而，想起额济纳河，又立刻焦虑不安起来。

在苏和主政额济纳旗的岁月中，曾经水量丰沛的额济纳河已成为季节性河流，每年都会断流，不久后又会来水。他不知道这次断流会是什么样，他祈祷着水会来，只是虚惊一场。

时间一分一秒地过去，苏和坐在那里看着想着。车窗外，夕阳的余晖渐次落了下来，与大地上冉冉升起的昏黄的混沌相依相融，胶着成无边无际的暗海，没有边际，像极了他的心情，他站了起来，来回踱着步，借此排解心中的焦灼和不安。

就在这时，旁边飘过来一股诱人的香味。他循着这味道望去，不远处，一位母亲正捧着一个纸桶，用塑料叉子挑起纸桶里的面，耐心地喂着孩子，孩子一边吃一边高兴地摆弄着手里的玩具。

那位母亲给孩子吃的是康师傅方便面，那一年，桶装方便面刚在中国出现。在那以后不久，像瓶装水、瓶装饮料、各种方便食品等也相继出现在人们的生活中，并开始潜移默化地改变着中国人的饮食和生活习惯。这些生活用品的出现，就像一个个符号融汇在改革开放、市场经济等一系列抽象而又具体的社会名词中，自然而然地嬗变成一代人的集体记忆。

苏和感觉有些累了，也有些饿了，从上午离会到现在他还水米未进。苏和想出去买点吃的，他打开行李箱把材料放到里面，可就在他要关上箱子的瞬间，箱子里一叠厚厚的纸映入眼帘。苏和的心猛一沉，顿时没有了饥饿的感觉。他拿出那叠纸，这是一份介绍额济纳旗的材料，是他在会前认真准备的。原本他想在会议分组讨论的时候，对额济纳旗进行介绍和项目推广，可让他没想到的是，额济纳河突然断流，他必须

立刻回去，这些介绍材料也只能带回去了。

他重新坐到座位上，看着那些他熟悉无比的地名、指标、数字……

额济纳旗，地层发育良好，矿藏资源丰富，已探明矿产230多种，矿床270余处。其中，金、银、铜、铁、钼、煤炭、萤石等矿藏，储量丰富，开发前景广阔。潜在的优势矿产有石油、天然气、天然碱、芒硝、花岗岩、石灰岩、钨、镍、铬、钠盐等，有巨大的开发前景……

看着看着，泪水再次模糊了苏和的视线。

◆额济纳河

额济纳是内蒙古自治区最西边的一个旗。它位于北纬39°52′20″~42°47′20″，东经97°10′23″~103°7′15″。东邻巴丹吉林沙漠北缘，西界马鬃山地，南通河西走廊，北近中蒙边界。辖区内国境线全长507千米，全旗总面积11.46平方千米，其地形地貌由戈壁、低山、沙漠、河流、湖泊和绿洲等类型构成。

额济纳旗地处欧亚大陆腹地，西、西南、北三面环山，境内气候干燥，降水稀少，蒸发量大，风沙大，太阳辐射强烈，昼夜温差大。

也许是造物主垂怜，发源于祁连山冰川融化的一条大河，在纵贯青海、甘肃之后突然北走400千米流入沙漠。这条河水多携带泥沙，河道不通舟楫，只用皮筏摆渡，古人以为水弱不能胜舟，故称"弱水""流沙"。由于上源水色微黑，亦名黑水（黑河）。

黑河是中国的第二大内陆河，黑河在内蒙古的狼心山分支，流入内蒙古后，分为额济纳河和讨赖河。它们先在三大沙漠间滋养出了翡翠般的绿洲，又在戈壁的洼地汇储两个超大的湖泊：东边是苏泊淖尔，西边是嘎顺淖尔，也就是俗称的东居延海和西居延海。

这一地区曾是匈奴居延部落的牧地，因此，历史上的绿洲和两个湖泊多沿用居延的称谓。秦汉时这一地区被统称为大泽，魏晋时称之为西海，唐代起叫居延海，一直沿用至今。

居延海蕴藏着极为丰富的鱼类资源，是中国西北最大的淡水湖泊之一。每年欧亚大陆迁徙的鸟群，都会不远万里迁徙到这里繁衍生息。

黑河、祁连山被人们奉为圣河和圣山，灿烂的居延文明令人神往。

诸多典籍证明，黑河是孕育中华文明的水脉之一。今之祁连，乃古之昆仑。

这里有许多古老悠久的传说，其古老可追溯到史前神话，在中华文明浩如烟海的文化典籍中，关于这一带的记载浪漫、瑰丽而神秘。

《焦氏易林》说，历史上的弱水桀骜难驯，为最早的水患之一。尧曾亲自"身涉流沙地"拜访西王母，鲧亦受命治水，后由禹接替。禹三过家门而不入，其后受到弱水北部的合黎山的启发，"导弱水，至于合黎，余波入于流沙。"

《甘州府志》则记载，老子骑青牛入于流沙，在烟波缥缈的居延海

◆位于东居延海岸边的老子雕像，传说老子在这里化狐成仙

得道升仙。李白曾写诗曰："仲尼浮于海，吾祖之流沙。"说的就是老子化狐成仙"没入流沙"的故事。

神话传说虽无从考证，但透过此类传说，我们不难想象，从远古起，这里就呈现出烟波浩渺、草木葱郁的万千景象，弱水流沙曾是先人理想的繁衍生息之地。而今，弱水却奄奄一息乃至于干涸，令人不禁生出一股今夕何夕的惆怅与悲凉。

广播在候车大厅响起，苏和乘坐的那趟列车已开始检票，他赶忙收拾好行李走进人群。他随着人流走过检票口和地下通道，在拥挤中登上了列车。车上人太多，他好不容易在靠门口的位置找到一个地方落脚。苏和已经顾不了太多，站一天一夜的路程不算什么，他只想尽快回去，额济纳河断流，而且是在这个季节，他心急如焚。

餐车工作人员推着装满盒饭的车子走了过来。看到车子里的盒饭，苏和的胃开始提醒他，饥饿再一次向他袭来。盖浇饭看上去色香味俱全，他想一盒显然是吃不饱的，要买两盒。可一问价钱，他却犹豫了，一盒要5元，两盒就是10元。算了，还是等卖食品的推车过来，买个面包或一包饼干吧！

可是，等了许久，卖食品的推车始终未见。这时，工作人员又推着卖盒饭的小车走了过来，她冲着苏和问道："要还是不要？最后两盒了，现在是两盒5元。"

苏和拿出5元钱。他风卷残云般把两个盒饭吃得干干净净。

节俭与朴素是中华民族的传统美德，也许，在今天已为一些人所不理解，却是苏和一辈子的操守。

苏和为人谦和，生活简朴，对他人无比慷慨，对自己却从不讲究。他喜欢的饮食只有奶茶、炒米、面条和馒头，衣着也是干净整洁就好，抽的烟也只头最便宜的那种，他自嘲自己是瞎抽烟，说不管啥烟，在他这都一样。在他下乡期间，谁家缺劳力有困难，他就组织工作队到谁家干活，帮着打草、翻新房屋、剪羊毛。20世纪七八十年代，生活物资还非常匮乏，大家为了感谢苏旗长，都拿出家里平时舍不得吃的鸡蛋、酥油。"这些留给孩子们吃吧，他们正是长身体的时候，需要加强营养。我也是草原上的牧民，你们平时吃什么我就吃什么。"不仅如此，每次，苏和在谁家吃完饭都会主动拿出二两饭票，说这是党的纪律，作为一名党员干部，他要带头遵守。

1973年，时任额旗旗长的苏和到永红（额济纳旗政协原主席）所在的苏木下乡。老同学、老朋友相见格外高兴，大家坐在一起聊天的时候，永红发现他的袜子破了一个大洞，便开玩笑道："你现在大小也是个旗长了，居然还穿着一双破袜子，不顾一点形象。"苏和从旗上出来一个多星期了，两天前在给苏泊淖尔苏木一户牧民家打草的时候，袜子被小树桩刮破了。"没什么，再坚持两天，等下完乡回家再换。"苏和满不在乎地说道。

夜已深，车窗外一片空旷和漆黑，火车行进的声音袭扰着他本就无法宁静的心。车厢里人人昏昏欲睡，苏和站在车厢风挡处，点燃了一支香烟，慢慢地吸着。关于额济纳的记忆和理解，在这个春天的回归旅途中，渐次清晰起来，英雄、大漠、戈壁，经幡飘荡的胡杨神树，曾经浩渺无际的居延，这熟悉的一切如长风般席卷而来。他的思绪不自觉地回到了额济纳，走进了古老的居延世界。

额济纳古城居延，它南通河西走廊，北连沙漠，是南北交通的要冲。因而为许多军事家所重视。公元前300多年前，散落在北方大地的游猎部落还在茹毛饮血，大漠绿洲上的先民已进入农耕畜养的阶段。这时，一支匈奴部落来到这里，他们对这里井井有条的生活秩序，先民们掌握节令劳作，用毛麻纺织等生活技能大为折服，面对这水草丰美的地方，连连用匈奴语喊着"居延"（匈奴语，弱水、流沙之意）。勇武的匈奴人，一夜间占领了绿洲。他们在合黎山上竖起了金人，在绿洲设立了汗廷。随后，东破东胡，南并楼兰，西击月氏与西域各国，北服丁零与西北的坚昆，强大的匈奴帝国占据了整个东亚的北部草原，并一次次南下展开对秦城汉地的劫掠。

公元前121年，进行了数十年准备的汉武帝终于派出了扫荡匈奴的大军。年仅19岁的霍去病两度出击，发起了对匈奴的进攻。霍去病北击匈奴千里，居延成了匈奴人的噩梦。匈奴人悲哀地唱道："亡我祁连山，使我六畜不蕃息。失我焉支山，使我嫁妇无颜色。"汉朝的版图也由此从甘肃的兰州延伸到新疆的罗布泊，这块面积广达15万平方千米的

狭长地带，就是后世的河西走廊。中国的西部疆域向西推进了上千千米之遥，一直通向西亚、南亚，从而奠定了汉朝在政治、军事、经济和外交上的战略优势。

夜更深，苏和坐在行李箱上睡着了。

梦境中，历史继续前行。默默边关，尘埃随风飘散，两千年前的居延，马蹄声嗒嗒，忽而来，忽而去，萧瑟的空气中裹挟着一丝慌乱。

霍去病走了，强弩将军路博德又来。他带领着士兵沿居延筑起了300多千米长的烽火台、遮虏障，又建起多座城池，设立居延都尉府、肩水都尉府，汇同7个侯官治理下的白城、红城、绿城，构筑了永久的防御工事。其中椭圆形的绿城，是由西方罗马帝国克拉苏的一个军团驻守。他们因东征帕提亚人失败流落至此，在这里为汉朝戍边。

丝绸之路贯通了西域，居延绿洲成了东西方交汇的热点。大漠上络绎往来的驼队，波斯人、印度人、埃及人、罗马人都在绿洲停留。一支支驼队运来了西域的香料、菜籽、珠宝，运走了闪光的丝绸、精美的漆器、清香的茶叶。叮当的驼铃声奏起了各国人梦的交响，这是古丝绸之路的第一次繁荣。丝绸之路犹如一条彩带，将世界联通，东西方的距离不再那么遥远，人类文明的进程在城垣崛起的居延绿洲大步向前。

西晋年间，前凉、后凉、北凉、西凉在绿洲展开了拼死争夺，平静祥和再次被战争的硝烟所取代。到了北魏，只有开凿石窟的工匠和僧人偶尔走过居延。隋统一后，在居延设立著名的大同城。唐时，在这里设立安北都护府，驻扎宁寇军抵御和安置突厥，丝绸之路迎来了它的第二次繁荣。

◆位于居延之路上的古城遗址

　　好景不长，安史之乱后，河西走廊被吐蕃占领。大唐与西域往来的六条丝绸之路，其中五条被切断，只剩下从长安通往大漠，经过六条丝绸之路的锁钥——居延，由此，这里成了转行西域、中亚、欧洲的唯一

通道。中国北部和西域的政治、贸易往来便通过这里进行，这条通道被称为居延之路。

不知迷迷糊糊地睡了多久，恍惚中，苏和感觉内心一阵惶恐，他睁开双眼，双腿却已肿胀的无法活动。他吃力地站了起来，一抬头，顿时被窗外的景色深深震撼，碧蓝的天空光晕流转，雄浑的大地上，横卧着一条闪亮的银带，浩浩荡荡直奔天边，是黄河。黎明中的大河风姿绰约，妖娆恣意。这条中华民族的母亲河在改革开放中为两岸带来勃勃的生机。而大漠的母亲河——额济纳河的未来又会怎样？它还能不能助力额济纳的发展？

我国水资源总量是2.8万亿立方米，人均占有量2100立方米，相当于世界人均占有量的1/4。额济纳地处中国西部边陲，属干旱区，降水量少，蒸发量大，是一个水资源严重紧缺的地区，地表水与地下水在水资源总量和人均占有量中低于全国水平，在黑河下游（额济纳河）冲积扇区，可采资源量为6.79亿立方米，可动用资源储量1.767亿立方米。

苏和激动地望着滔滔的黄河水滋养的这片大地，他多想额济纳也拥有这样充沛的水源，让家乡的人民也拥有肥沃的良田和丰饶的牧场。可现如今，本就水流不畅的额济纳再次遭遇河水断流之灾。额济纳何时才能从水的困惑中走出呢！他再一次陷入深深的担忧之中。

从车门缝隙吹进的风带来了黄河水与河套平原湿润的味道，苏和深深地呼吸着，在日复一日的风沙当中，旷日持久的干燥和疼痛让他对湿润的空气犹如对氧气般珍惜。列车从这里就要转向南进入宁夏回族自治区的地界。广袤无垠的西北戈壁上，三千里弱水缓慢无波，千百年来，它缓缓地流着，承载着一个又一个时代的到来或离去。

公元1038年，党项族从这里崛起，建立了西夏政权。党项人与匈奴人一样精骑射、善冶铁、作战勇猛，比之匈奴人还长于农耕。他们很快将触角伸向了大漠中的绿洲，在额济纳河边建起了黑城，设立了黑水镇燕军司，养兵屯田。

那时的黑城，城外驼铃悠悠、阡陌纵横、牧场辽阔，城内商贾云集、鸡犬相闻、贸易繁盛。重开了的六条丝绸之路又汇聚起来自欧亚的驼队和堆积如山的交易商品。范仲淹在与西夏的交战中曾写下这样的词

西夏黑水城党项族的姓氏和名

据西夏黑水城出土文献记载：黑水城居民姓氏中姓平尚、律移、千叔、没罗、嵬移、酩布、居地、耶西、千玉、耶和等复姓的党项人家庭占70%以上。名字多种多样很有特点，有的名字带有祈福、祥和的色彩，如：寿长有、福有宝、吉祥等；有的带有月份，如：正月金、九月铁、十月盛等；有的则带有佛教色彩，如：般若山、般若乐、三宝茂等；特别是一些人名带有低等人或动物的称呼，如：善月奴、奴宝、瑞犬、老房犬、驴子有等，甚至女人也有取这类名字，如：乐盛犬、犬妇金、犬妇宝等。还有一个特点是兄弟或姐妹名字多不排行，反而有父子、母女名字排行，如：父亲名老房盛，儿子名老房宝，妻子名小姐宝；母亲名心喜宝，儿子名铁宝；母亲名福有宝，女儿名兄弟宝等。

◆西夏黑水城党项族的姓氏和名

句："塞下秋来风景异，衡阳雁去无留意。四面边声连角起，千嶂里，长烟落日孤城闭。浊酒一杯家万里，燕然未勒归无计。羌管悠悠霜满地，人不寐，将军白发征夫泪。"其沉郁感伤的情怀，透露给后人一个信号，西夏的国力曾盛极一时。然而，西夏国还是很快走向了没落。

公元13世纪，以成吉思汗为首的蒙古大军在漠北阜原快速崛起，开始发动对外战争。

公元1226年，成吉思汗第四次南征时荡平了黑城。

公元1286年，元世祖忽必烈在居延绿洲设立管理西部广大地区的亦集乃路总管府，在黑城原来的基础上进行了大规模扩建，将黑城更名为亦集乃城。黑城成了中原通往漠北、欧亚、元大都的交通枢纽，是丝路驿站中最大的人员往来和物品交易的集散中心。这是丝绸之路上的第三次繁荣。

从中国的腹地长安、元大都出发的商队，与从中亚、南亚、西亚、欧洲跋涉而来的使者、商人、僧侣、传教士聚集在额济纳。意大利冒险家马可波罗也来到了亦集乃城，他是在亦集乃城逗留多日才转去元大都朝见忽必烈，又沿着古道走进了东方的天堂杭州。

马可波罗在《马可波罗行纪》中记述："城在北方沙漠边界，属唐古忒州。居民是偶像教徒。颇有骆驼牲畜，恃农业牲畜为生。盖其人不为商贾也。其地产鹰甚众。行人宜在此城预备四十日粮，盖离此亦集乃城后，北行即入沙漠……行此四十日沙漠毕，抵一北方之州……"这位威尼斯商人以简单的笔墨，撩开了黑城神秘面纱背后的一角，令人遐想，让人感慨！

列车到达宁夏回族自治区的首府银川已是黄昏时分，苏和走下火车，额济纳旗的几位负责人已经在出站口等候。

苏和登上旗里开来的车，吉普车向着天边额济纳疾驰而去。

◆大戈壁

第二章　风与沙的联手

距离额济纳旗还有748千米，要争取每一分钟。

吉普车驶出银川市区，进入向北的省际公路。这是一条年久失修的路，路况非常糟糕，汽车在凹凸不平的路面上行驶，颠簸得很厉害。

黄昏一闪即逝，夜幕再次降临，来往的车辆越来越少，公路两边愈发显得空旷起来，石子沙沙地击打着车身。在这种状况下，司机是最辛苦、最提心吊胆的。苏和知道，长时间行车，尤其是夜间行车，最怕的就是司机打盹，而要避免这一点，有一个行之有效的办法，就是自己要强打起精神，不停地和司机说话。这位司机刚刚转业，与苏和不太熟悉。苏和问起他在部队的生活，这个话题立刻调动起他心中的情感。他讲起了汽车兵的生活、训练和劳动中的趣事，讲起了他的班长和最要好的几个弟兄。

苏和的平易近人让小司机感到轻松和愉快。在准备来接苏和之前，

小司机心中还有些紧张。旗政府车队开车的供都师傅对他说："苏书记是个平易近人的好领导，他心里装着咱们这些老百姓，装着别人。"

供都师傅还讲起了20世纪80年代初的几件事。那时的额济纳旗，公务车辆非常少，政府只有一辆北京2020吉普车。苏和下乡的时候，却很少用车，大多数是骑骆驼下乡。额旗春天风沙大，有时遇到沙尘暴还可能迷路。大家对此都很不理解，问苏和为什么不坐车。他总是说，现在办公车辆少，他们在牧区一蹲点就是五六天，机关其他部门如果有急事，更需要这辆车，还是把便利留给别人。

有一次供都师傅陪苏书记到几个苏木下乡调研，路过苏泊淖尔苏木的一个嘎查时，一户牧民正在接羊羔。由于草场不好，好多大羊都没有奶水，小羊羔在羊圈里嗷嗷待哺，牧民非常着急，却只能给羊羔熬些米汤米糊。苏和看在眼里，记在心中。第二天办完事，他到镇里一个商店买了几袋奶粉，让供都师傅专程开车给那位牧户送过去。当时牧民出门了，回来后看到门口放着几袋奶粉，得知是苏书记给他带来的，感动得逢人便说，没见过这么好的领导，一个普通老百姓他都这样关心。

还有一次苏和出差，供都师傅的车出现了故障。供都心想，这下完了，耽误了领导的工作，一定会挨批评的。可是没想到，苏和一点儿领导架子都没有，下了车就和供都一起钻进车底修起车来。

"他不仅问起了我的家庭情况，还说有困难一定来找他。"供都感动地回忆道。

1988年的一天，供都得知苏和书记要去东风基地办事。当时他的孩子在距基地40千米外的新庙上学，正好放假准备回家。供都便抱着试一试的态度，向苏和的司机额尔登念叨了一下，让额尔登问问苏书记，能不能回来的时候把他的孩子带回来。下午5点钟，孩子高高兴兴地回到了家中。跟在孩子身后的额尔登告诉供都，苏和书记在东风基地办完事后，让车绕道多走了40千米把孩子接上，回到旗里又嘱咐额尔登一定把孩子送到家里。

供都师傅提起的这几件小事，让小司机与苏和的距离一下子拉近了许多。但让他没想到的是，苏和竟比他想象中的更为平易，小司机像找到了知己一样，滔滔不绝的和苏和说起自己的一些经历。

苏和被这个小司机的情绪所感染，他的脑海里浮现起许多往事，他独自在戈壁滩上为骆驼群守夜的场景；群狼向他扑来，他挥舞着马棒保护牲畜；他的事迹上了《甘肃日报》《人民日报》，牧民们高兴地欢呼；他生病时，牧民们心疼他的眼神……

那是他的经历，他的青春。二十几年的时光弹指而逝，当万般过往悄然沉寂后，他早已不是当年那个少年郎，虎虎生威的青春也早已成为过往。若非小司机的话，他已顾不上回忆那段成长的岁月。残酷的现实下，他在等待额济纳杂花生树、草长莺飞，等待额济纳河烟波浩渺，等待额济纳河畔的那片欢腾。凝望着春寒肃肃的夜空，沉沉的心事又涌上了心头。

见苏和半天无语，小司机知道是额济纳河断流的事让苏和忧心不已，为打破沉闷，他建议道："苏书记，要不来听一首歌吧？"

苏和点点头。小司机打开了音乐：

> 高高的山顶啊，
>
> 飘动着白云。
>
> 美丽富饶的土尔扈特家乡，
>
> 我无时无刻不念着恩情。
>
> 天边的绿洲如海如蜃，
>
> 大漠的胡杨伴你永生。
>
> …………

夜色中，歌声沧桑悲凉，苏和双眼泛潮，儿时的额济纳出现在他的脑海。那个时候，他的家乡还是水网交织、碧波荡漾、林木茂密的绿洲。无论走到哪里，都有高大的胡杨、红柳、梭梭和各色的花、别样的草；无论哪个季节，景色都是壮美辽阔，别有韵致。

那时，每逢假日苏和就与小伙伴们去宝日乌拉草原赛马、去马鬃山攀登，或在额济纳河的浅滩处戏水，在居延海边芦苇荡里偷窥五颜六色的鸟蛋，在芦苇荡前呼喊疯跑，惊起成群拍打着翅膀飞向远处的天鹅、鸿雁、鹤、野鸭，孩子们的心也随它们飞上了蔚蓝的天空……

岁月一天天逝去，摆脱对儿时万花筒般缤纷的追忆，额济纳河断流的事实愈发清晰地进入苏和的心里。

一夜飞奔，汽车在黎明时分进入额济纳旗。地平线露出一线光亮，广袤无垠的额济纳大地出现在苏和的面前。已是春天，大西北还是满目萧条，一派苍凉，大地上时而星星点点有几簇野草，时而光秃秃一无所见。不断涌现的沙丘形状千姿百态，有的似盾牌，有的如弯刀，还有的像矮矮的金字塔。偶尔出现的骆驼，突兀地站在天地间，呈现出舞台剪影般的造型，给人造成一种既孤独又悲凉的印象。额济纳辽阔、荒凉、寂寞、肃穆、自尊又略显孤芳自赏的美，让苏和揪心地痛。

汽车驶进额济纳河的西支干——讨赖河。原本讨赖河用8条支流编织起西河水网，浇灌着绿洲的西部，但1961年讨赖河断流了，西河水网纵横的西部地区随之变为荒漠，西居延海从此干涸，成了中国沙尘暴最早的源头。

讨赖河断流后，广大的绿洲只剩下东支干——额济纳河，由11条支流交织的东河水网成了哺育绿洲的最后的河流。

中华人民共和国成立以来，中科院分几次对额济进行了水文勘测。那份权威的调查报告一直刻在苏和的心底，"西居延海——嘎顺淖尔，1950年，水域面积为300平方千米。1958年，航片测算水域面积267平方千米。1961年，嘎顺淖尔干涸，从此再未恢复。海底成龟裂、盐壳和沙丘的覆盖地。东居延海——苏泊淖尔，1950年，水域面积为78平方千米。1958年，航片测算水域面积为35.5平方千米。1982年，水域面积23.6平方千米，最大水深仅为1.8米。其中，1961年至1992年，湖泊出现9次干涸，成为间歇性湖泊。从1986年起，额济纳河成了季节性河流。"

◆龟裂的河槽

苏和记起了原苏泊淖尔渔场的一份报告，"1960年5月23日，苏泊淖尔渔场，当年产鲜鱼5万公斤，捕野鸭5000只，产芦苇200万公斤。"

这些年，额济纳河的来水量逐年减少，苏泊淖尔的渔业资源已近枯竭，迁徙的飞禽绝迹，芦苇也大片死亡，额济纳的生态系统严重退化，植物种类已减少到危险的程度。

在苏和主政的十几年里，眼见额济纳旗的生态环境日益恶化，他带领全旗百姓植树造林，不断对环境进行修复。但水资源逐年短缺难以恢复，他们的努力又怎能阻拦荒漠化增长的脚步。话虽如此，苏和年年对生态环境进行严密监测和调查。1991年农牧局的调查报告，苏和记忆犹新："额济纳旗，河泛低地草甸草地植被，都分布于河网地区和湖盆低地。水分条件好，植物的覆盖度很大。河网地区以胡杨、红柳、混生沙枣林为主，湖盆地带以芦苇为主，建群优势种有胡杨、红柳、沙枣、芦苇、芨芨和杂类草，伴生植物有苦豆子、白刺、麻黄、红砂、骆驼刺、罗布麻、碱草、盐爪爪、珍珠、沙蒿、野枸杞等。虽然植被的覆盖度随着群落组成有差异，但都是额济纳绿洲生态区最好的牧场。

"1961年以前，额济纳胡杨林和胡杨沙枣混生林面积为75万亩，1961年后，它们的面积已减少到39万亩。1980年以来，三角洲地区沿河胡杨、沙枣和红柳混生林的面积平均年减少3.9万亩。

"进入90年代，绿色消减的速度不断上升，覆盖度大于70%的漠丛面积又减少了288.6万亩，年递减率20.6万亩。植物的种类也从137种减少到30种……"

东河水网不仅关系额济纳全体百姓的生存，决定着稀有物种的命运，还威胁着裸露在风沙里，以天地为展台、岁月为展期的文明遗址，直接影响着国家国防科研建设和仅存的阿勒腾陶来——金色的胡杨林。

太阳已跃上地平线，东部的草甸森林被涂抹上一层暗红。几峰骆驼梦游般在草滩上散步，它们身形嶙峋而突兀，犹如一群雕像，汽车从它们身边飞驰闪过，它们静默如沙丘一般，无动于衷，不闻来者。

就要到东河水网了，苏和的心提了起来，越来越忐忑，也越来越焦急。他希望在接下来看到的11条支流中都有水，哪怕水流并不欢畅，只要能熬过这个春天就好。

春寒料峭，岁月焦灼。

也是在春天，1986年的春天，额济纳河突然断流，几乎全旗的人都跑到河边等水，去神树下、敖包前祈求祷告。苏和去自治区，接着又跑北京。一个月后，额济纳河来水了，人们都跑到河边看水，额济纳河

◆断流后的额济纳河畔

畔一片欢腾。但自此以后，额济纳河每年断流，来水循环往复，断断续续，额济纳河成了季节性河流，其造成的直接后果是大片胡杨林枯死，大片的耕地和草原沙化荒芜。

依河而居的额济纳人忧患不已，断流时，额济纳人望河难过；水来时，额济纳人去河边欢庆。水牵动着他们的生存和生活，水决定了他们的欢喜和忧愁。

额济纳河，集中了额济纳人太多的大喜和大悲。水，困惑了额济纳。每当想起额济纳河，苏和的脑海里总会浮现河畔上人们的欢颜和落寞，他原本坚挺的内心就会变得柔软而脆弱。

东河水网到了，吉普车颠簸着由西向东走过11条支流。车内鸦雀无声，气氛紧张得让每个人都透不过气来。最终，残酷的现实还是将苏和最后的奢望击得粉碎，纳林河没水，铁库里河、达西敖包河没水，科西根高勒、思德尔利斯高勒、色尔桃来高勒、巴彦桃来高勒没水，哈夏图河、灶火高勒、昂茨河、班布尔河也没有水的踪影。

苏和与几位相关负责人都下了车，他们抓起河里干燥的泥沙平摊在手上，泥沙在手中瞬间被风吹得干干净净。水命的额济纳，没有了水，该怎么办？这是断了额济纳最后的活路啊！伫立在河畔，望着眼前裸露的河床，龟裂的大地，他们痛心疾首。迎着风的方向，沙尘吹进他们的眼睛，几位铮铮铁骨的男人黯然泪下。

"再去京斯图淖尔！去弱水金沙滩！去苏泊淖尔！走遍东河的水网！"苏和像一头发怒的狮子，他已无法控制自己的焦急与愤怒。

汽车再次飞也似的跑起来，车轮碾过之处，黄沙漫漫。

弱水金沙滩到了，这里曾是老子讲经传道，劝谕世人的地方。胡杨还在，可土地已一片片干裂，如龟背一样在风中死寂消沉。

张骞被匈奴扣留牧羊的京斯图淖尔到了，天鹅湖已成了沼泽，看不到天鹅，看不到野鸭，只有一个个高大的沙包诡异地散布在沼泽和河道两旁，沙包上裸露着活着的和死了的梭梭树根，它们盘根错节，脉管一样遍布在沙包之上，有意无意地刺激着人们的神经。

吉普车转头向北狂奔，跳过坑洼、越过沙丘，呼啸着向陡立的大坡攀爬上去。东居延海——苏泊淖尔，这是寄托着苏和与全体额济纳人希望的最后一站，他不敢想东居延海是否还有水。

风越刮越大，汽车驶进开阔的戈壁滩。肆虐的沙暴狠狠地击打着车身，汽车不停地颠簸，左右滑动着，像是时刻有被沙尘暴覆盖的可能。一种类似于绝望的情绪包裹着车里的每一个人。

他们驶进沙漠，只见不远处，一堵几十米高的沙墙正快速压来，那沙墙旋转翻滚着，就像一头巨大的黄色怪物。汽车直冲过去后，立刻被埋进厚厚的沙尘里，雨刮器不停吱嘎吱嘎地作响，车里的人都剧烈地咳嗽。空气越来越稀薄，车上的人快窒息了，每个人身上都披了一层细沙，大家吐着嘴里的沙子，一个劲儿地咳嗽。司机狠狠地踩着油门，汽车轰鸣着从沙堆里冲出后，再次向北，走上了去往东居延海的路。

越往北走，风刮得越大。越往北，沙尘里夹带的石块也越大。

前面就是黑风口大桥——西伯利亚狂风经过的地方。原本这里是居

◆沙包上裸露的梭梭树根

延海的海心，再大的风也只能掀起居延海的浪花。但由于居延海的面积不断缩小，狂风已经能从湖心卷起沙石，这里已然是飓风和沙尘的宿营地，成了魔鬼的通道。

桥上黄沙漫天，桥下掀起了山呼海啸般的沙海风暴。旋转的沙柱一个个卷来，密如弹雨的石块被骤风裹挟着，向车子甩打过来。

苏和让司机加速冲过黑风口。司机再次加大了油门，汽车呼啸着冲向大桥，向苏泊淖尔奔去。

苏泊淖尔，这片被沙漠和戈壁包围着的湖泊，方圆20多千米，历来是候鸟栖息的天堂。苏泊淖尔，蒙古语是"甜海"之意。甜海，多么诱人的名字，它曾经的美丽与魅力不言而喻。

苏泊淖尔到了，眼前的景象让人触目惊心，大片芦苇枯萎殆尽，苏泊淖尔也彻底干涸了，曾经天鹅起落、鸭浮绿波、碧海蓝天、芦花飞荡的景象已然不见。更让苏和绝望的是，三大沙漠已经联手，这里就要成为影响整个中国乃至亚洲的沙尘暴的源头……

站在甜海之滨，在一阵阵眩晕和恍惚之中，苏和仿佛听到了干涸的苏泊淖尔发出质问，这里还是居延绿洲吗？为什么苏泊淖尔也会遭遇这样的不幸？是什么让这里迎来如罗布泊、楼兰古城末日般的诅咒！

苏和浑身抽搐不止，禁不住掩面而泣。

发源于祁连山的黑河，是我国十大内陆河中的第二大河流。黑河是由46条冰川河流组成，年补给水量达2.98亿立方米，其中集水面积大于100平方千米的河流就有18条。河水流到狼心山分为东西两支，东支以额济纳河为干流，西支以讨赖河为干流。东西两支经甘肃省的鼎新天仓乡沙门子村进入内蒙古，曾给额济纳送来了丰沛的水流。

历史上，黑河的流域面积为14.29万平方千米，流域南以祁连山为界，北与蒙古国接壤，东西分别与石羊河、疏勒河相邻，其中，青海1.04万平方千米，甘肃6.18万平方千米，内蒙古7.07万平方千米。

据水利专家杨炳禄先生编著的《额济纳河》所述："黑河的干流

◆狼心山——黑河至此分为东西两支，流入内蒙古境内

全长821公里，祁连山出山口至莺落峡以上为上游，河道长303公里，河道两岸山高谷深，河床陡峻，气候阴湿寒冷，植被较好，年降水量350毫米，是黑河流域的产流区。莺落峡至正义峡为中游，河道长185公里，两岸地势平坦，光热资源丰富，年降水量140毫米，属灌溉农业经济区。正义峡以下为下游，河道长333公里，流域面积8.04万平方公里……"

　　是什么造成黑河的水量逐年减少呢？苏和一直想弄个明白。

　　走上领导岗位以后，苏和做的第一件事就是赴黑河考察。他一个人背着行囊走进祁连山，走进黑河的源头。

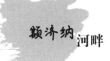

那是改革开放初期，他独自背着行囊走进祁连山。眼前冰封的雪山滴滴融化，汇成千万条小溪，合成大小不一的支流，在落差很大的山涧中咆哮疾走。他继续前行，大山的峡谷变得开阔起来，无数条支流奔涌而来。黑河在出山前已变成一条巨龙，在雄伟险绝的大山中摇头摆尾，大山在它的隆隆低吼中显得愈发壮观。

再往前走，苏和却看到了让他永生难忘的一幕：茂密的森林被大片大片地砍伐，亿万年沉睡的山体在爆破中变得残缺，岩层大片裸露，这样的地带有上百千米之长，到处是简易的工棚、采矿的民工、浓浓的黄烟黑烟、倾倒的废渣垃圾、截流的水坝以及经过选矿洗矿后排进黑河里的污流。

苏和走过去，看着多个当地乡镇企业竞相争开的矿场，他问："你们这样破坏，没有人管吗？"当地人像看外星人一样看着苏和，"管？没有人管我们能进山吗？你问问哪个企业的背后没有来头？"很多人凑过来叽叽喳喳，说什么现在是撑死胆大的、饿死胆小的，要发展就不能等之类的话。望着眼前伤痕斑斑、衰容尽现的山林和河流，听着这些没有了禁忌和敬畏的言辞，苏和心痛不已，他逃也似的离开了。

走到黑河的出山口，他本以为黑河会在河西走廊的大平原畅快奔流，没想到更加可怕的情景出现在了他的眼前。黑河上密集地分布着一座座截流的大坝、水电站、水库，有新建起来的，也有早已建好的。每走过一座这样的拦水设施，黑河的水流就减少很多，他终于明白为什么下游没有水了。黑河的水已被上游和中游拦截，根本不可能流到下游。

一个多世纪以来，中国人饱受战争、饥饿和贫困之苦。中华人民共和国成立以后，首先要解决的是温饱，摆脱饥饿和贫穷。几十年来，不少地方的发展都是以牺牲环境和资源为代价。为追求利益的最大化，根本顾不上或者是忽视了对环境和资源的保护。黑河流经的省份，要么是矿藏丰富，却属于中国西部最贫穷落后的地区；要么是两岸地势平坦，光热资源丰富，降雨量稀少，却是人口压力巨大的灌溉农业区。在饥饿与贫穷的催逼下，有些地方出于政绩和其他考量，失去了最后的底线，他们哪里还会顾得上黑河下游的百姓！

也正因为如此，1961年在黑河中游修建的鸳鸯池水库，直接导致额济纳河的西支干从此湮灭于金塔盆地，额济纳的西部绿洲变成荒漠，西居延海自此干涸，成为沙尘暴的源头。就局部利益来看，鸳鸯池水库建成后，确实缓解了当地缺水浇灌的困难，但对整个生态系统造成的破坏，其影响是无法估量的。也是从那一年起，上游、中游的其他地方也争先效仿，打响了"黑河的拦截工程"，由此一发而不可收。

表面看是国家的底子太薄，基数庞大的人口所致，但往深层看，国家缺乏总体规划，有些地方和企业胡作为、乱作为，追求眼前利益才是造成这一切后果的真正原因。

返回额济纳旗，苏和将他的调查报告迅速上报给阿拉善盟、内蒙古自治区、国家水利部。这引起了几级部门的高度重视，但要彻底解决河水的水量问题还是困难重重。苏和记得，1986年额济纳河断流，在他和地方政府相关部门的极力争取下，由内蒙古自治区出面交涉，争取到给

额济纳河定期放水，致使额济纳河成了季节性河流。

水利专家杨炳禄在他的专著《额济纳河》中，对额济纳河水量减少直至断流的原因也进行了记述："解放以来，额济纳河水量减少，大的突变有三次，一次是解放初期，河西地区大办农场，大面积开荒，用水量急骤增加；二是'大跃进'年代，上游大办水利，以蓄水为主，修了一批水库，如讨赖河的鸳鸯池解放村水库、山丹马营河的李家桥、祁家店水库。民乐洪水河的双树寺水库都是这一时期建成的。每建一座水库，一条支流被拦截控制，水量不再进入黑河干流。居延海就是在这一时期干涸的。三是八九十年代，甘肃省提出'兴西济中'发展战略，向河西地区移民，灌溉面积发展很快，大搞农田基本建设、渠道防渗。不但洪水下不来，冬春来水也发生很大变化。冬天下来迟，春天断水早，总水量大幅度较少，有的年份，冬水下来迟，全部在河槽结冰，下游一冬无水，直至开春后下些消冰水。每年河道断流干枯200天以上……"

随着岁月的推移，生活在额济纳河畔的人们逐渐了解到上游和中游拦截河水的真相。尽管他们满腔义愤，却隐忍着没有发作。这里是祖国西北边境地区，维护边疆的稳定和平，守护这片家园，是额济纳人不约而同的默契和对祖国忠诚的承诺。默默无闻的额济纳人相信国家迟早会管，眼前需要做的是去想办法，去克服困难，默默地等待。

苏和更坚信会这样。他已看到国家奋进的脚步，随着社会的飞速发展，黑河所有的问题都会得到妥善的解决。他盼望着那一天快一点儿到来，他盼着国家对整个黑河流域的用水进行科学统筹和分配。到了那一天，所有的水资源都能够得到有效利用。到了那时，无论走到哪里，看到的一定会是绿色和丰收。当人们再走过黑河的上游、中游、下游时，他们一定会惊叹中国西部的壮美。额济纳是苍天般的，是博大而包容的。圣地额济纳展现的是中国西部无与伦比的厚重、苍茫、辽阔和坚

◆一望无际的沙漠

硬。

几天前进京开会，苏和正是怀着这样的心情，也是抱着这样的信心去的。然而，额济纳河突然在最需要用水的春季断流，这令他措手不及，万分焦急。他真的没有料到，事态竟会发展到如此严重的地步。

苏和痛心地看着屹立在不远处，总面积有4.7万平方千米的巴丹吉林沙漠——中国第三大沙漠已走近黑风口。海拔1609.59米，有"沙漠珠峰"之称的世界海拔最高的沙峰——必鲁图，就要在狂风的鼓噪下，对额济纳展开强劲攻势。它飞起的时候，必将无可阻挡，扫荡的范围也绝不仅仅是额济纳绿洲这么简单。

必鲁图沙峰前面奇特的砂岩地貌就是证明，现在砂岩地貌的所在处，曾是一座横亘的大山，此刻却成了一片散落在沙漠戈壁边缘奇形怪状的石头。这片石林被牧民们称为海森楚鲁，意思是像锅一样的石头。

东居延海，这片唐时安北都护府城池俯瞰的大湖，大诗人陈子昂、王维、岑参、胡曾等在此写下了不朽的诗作。苏和流泪吟诵，和他同来的几位同志也不约而同地随着他大声吟诵起来，他们的吟诵化作西风中长长的哭诉……

　　　　单车欲问边，

　　　　属国过居延。

　　　　征蓬出汉塞，

　　　　归雁入胡天。

大漠孤烟直，

长河落日圆。

萧关逢候骑，

都护在燕然。

居延城外猎天骄，

白草连天野火烧。

暮云空碛时驱马，

秋日平原好射雕。

…………

◆大漠胡杨

第三章　胡杨林里的对话

从东居延海返回，苏和立刻拨通了盟里的电话，向盟里做了口头汇报：额济纳河断流，东居延海干涸，三大沙漠已经在黑风口联手……

向盟里汇报后，苏和在旗里立即召开会议。他们列出了紧急事项，预测了各种可能，研究对策，布置了接下来的工作。额济纳河断流事态严重，关系重大，苏和决定亲自起草给上级的报告。

下午4点，由全旗党员干部参加的紧急会议在旗委政府召开。苏和传达了北京民族工作会议的指示精神，号召党员干部积极投身改革开放，为经济建设献策出力，以争取额济纳旗早日脱贫。紧接着，他通报了额济纳河断流的消息，又详细介绍了实地调查的结果：东河水网干涸，东居延海干涸，三大沙漠联手，巴丹吉林沙漠已走近西伯利亚狂风的通道——黑风口，数以亿万计的沙尘就要让东居延海成为席卷亚洲乃至世界沙尘暴的源头。

苏和的话如同扔下一颗威力巨大的炸弹，大家你一言我一语地喊了起来。

"立刻向上级汇报，一起去找他们，再不行，就扒开拦水大坝，捣烂那些电站水库！"

"不管怎么样，要让额济纳河有水！"

"我们不能这样坐视下去了！"

大家义愤填膺，会议室一度混乱失控。

苏和感同身受，额济纳河畔的人们指望的就是这一汪水脉。但他不能任由大家这么喊下去。啪啪，苏和重重地拍着桌子，他的脸涨得通红。

"胡闹！"苏和吼道。

"你们……你们还是党员吗？"苏和的身体又颤抖起来，一着急，他的老毛病又犯了。

"苏书记、苏书记……"大家紧张地望着苏和。他们都知道苏书记这个老毛病，河水断流，他肯定是急坏了，他们有些担忧起来。

会场渐渐安静下来。

春寒透骨，凛冽的西风顺着门窗的缝隙不断刮进来，室内温度很低，苏和的额头却满是亮晶晶的汗珠。

"我理解同志们的心情，但作为一名党员，尤其是党员干部，首先要有组织观念，牢记组织原则，出格的事不仅不能做，甚至都不该想。我们是党员，要发挥党员的带头作用，要主动去做农牧民的工作；要维护改革开放发展经济的大局，维护边境地区的稳定；要相信党、相信国家，这次突发事件一定会得到妥善解决。"苏和语重心长地劝诫大家，"这个会前，旗领导班子已经开会研究了接下来的工作。旗里会尽最大的力量帮助农牧民克服因缺水造成的农田灌溉、牲口饲养、草地林地浇灌和牧民饲草料紧缺等困难。总之，我们要千方百计地确保农牧业生产。同时，要做好加快额济纳旗经济发展的新规划，部署开发项目的可行性研究，做好招商引资的准备工作。另外，还要做好大规模的水文地质勘探普查工作，进一步摸清我们的家底。同志们，我旗现在面临着前所未有的困难，大家对此既要有清醒的认识，也要有战胜困难的勇气。土尔扈特有一句谚语：强者不畏艰险。只要我们团结一心，就没有战胜不了的困难，没有过不去的坎儿……"

苏和不停地讲着，认真地分析着。水断额济纳，要解决，也必须解决。他没有退路，也不会后退，他要和同志们带着额济纳百姓一起想办法，走出当下的困境。

落日西垂，西天尽头微现的一抹光亮摇曳了几下，便很快消失在地平线。苏和拖着一身的疲惫走进自家的小院，刚走到窗前，他突然停住了脚步。妻子德力格在轻声吟唱，歌声仿如一阵悲伤的风，带着满满的伤感和悲凉飘来。

寒冷的风呀呼呼吹来，

可怜驼羔在野地徘徊。

亲爱的妈妈儿想你啊,

空旷的原野只有我在。

寒冷的风呀阵阵吹来,

好似钢针刺破了胸怀。

我东边里望啊西边看,

只有那星星挂在天外。

…………

这不是300年前祖先唱的那首歌吗?

苏和的思绪再一次陷入深深的忧戚之中。那一刻,他突然感觉没有勇气面对妻子,犹豫了一下,又转身走了出去。苏和漫无目的地在街上走着,不知不觉走上了额济纳河畔的大桥,走向了河对面的胡杨林。

在会上,苏和看到大家那么难过、愤怒,他和大家一样心痛。可爱的额济纳,生他养他的故乡,他熟知这里的一切,他对这片土地与人民的情感,不但丝毫没有因时光的流逝而减弱,而是与日俱增,他愿意为额济纳河畔忧心、烦恼,日复一日,年复一年。从明天起,他又要踏上汇报、"跑水"之路了。他深知解决额济纳河断流的事,没有那么容易,但他会豁出命去争取,他也必须这样去做。

月亮不知什么时候升起来了,氤氲的月色为高低起伏的林中沙漠和没有长出叶子的胡杨涂抹上了一丝的惆怅,四野无人,夜凉如水。苏和深一脚浅一脚地在沙地里走着,整个人仿佛行走在荒凉的星球,四顾无人，孤独和悲痛如一张巨大的网紧紧地追随着他。

他不知道自己要去哪里，他只是不停地走。

蓦然间，他看到了那棵站在沙丘最高处有27米高，主干直径达2.7米，需要8个人拉手才能合抱的神树。苏和加快脚步走了过去，就像见

◆传说未被焚烧的神树，可供王爷的三千匹马乘凉

到了久违的亲人一样，他伸出双臂拥抱着神树。

这棵胡杨树，已经历了3000多年的风雨。在它周围30多米的范围，又分蘖生长出5棵粗壮的胡杨。它们和神树是母子。500年来，它们一直和母亲守望着额济纳的绿洲。

一阵风吹过，树上传来了起伏的风铃声响和丝织物抖动的窸窸窣窣的细碎的声音，神树的树干和树枝上系满了风铃和哈达。这是前来祈福的人们给神树的献礼。数千年来，这棵神树一直屹立在额济纳河畔，沐风栉雨，倾听一代又一代额济纳人的喜悦与哀愁，它是额济纳人的信仰之树，如一位慈祥的长者，日夜守候着儿女们的希望、梦想、光荣乃至于当下的困惑与迷茫。

苏和把脸贴在神树上闭目聆听，耳边飘来的诵经声、海螺声，高高低低悦耳的梵唱，牧民们轻轻的祝祷声，这些声音汇成响彻天地的乐流，在苏和的神思间飘荡。也许，是神树冥冥之中仍有神力，若是如此苏和希望神树能为今天的额济纳迎来滋养河畔万物生命之源泉，沙退人进，绿洲再现。母亲曾告诉他，神树具有非凡的神力，护佑着苍生，有求必应。当年，古老的神树曾摆开天地的道场，让它的5个儿子护法，为从远方回来的先祖和后面归来的亲人祷告，万里之外的亲人最终走完了东归的路……

苏和是东归土尔扈特人的后裔，很小的时候，他就从乌力格尔说唱和长辈们的传授中，了解了自己民族的历史。东归英雄的基因深深地根植在他的血脉里，化作一腔赤子情怀，注定了他今生会为额济纳这片大

◆东归雕塑群

地奔走、哭泣。梦幻般的额济纳在他心里是悲悯的，这片土地的厚重与深刻，他能深深感受到。他熟悉这里每一处河流、山川、日月星辰，他和这里血脉相连。采访时，苏和说他最爱看黑城的日出，那绚丽的丹红包裹着一轮橘黄，晨光氤氲，黎明缓缓升腾，哈达一样的云彩漫天游动，就像东归的勇士们骑骏马御风归来，掠过草原，越过山岗，寒剑倚天，启明星凌空划过，辉耀东方。

苏和的祖先是勤劳勇敢的克列亦特部，最早生活在土拉河、鄂尔浑河上游一带，是辽、金时期蒙古高原上的强大部族。部落的首领脱斡邻勒与乞颜部铁木真的父亲也速该结为安达，在草原的纷乱杀伐中，两部族多次出兵互救。铁木真收复乞颜部统一了蒙古，被拥戴为成吉思汗，克列亦特部就做了帐前护卫军，从此，他们有了护卫军的称谓——土尔扈特部。土尔扈特人由此"不惜自己的头颅，不惜自己的热血，不知道合一合眼，枕着衣袖，铺着裙子，以流涎解渴，以牙肉充饥，不屈不挠地努力，汗流满面"地追随着成吉思汗，从日出的东方，征战到日落的西方，开辟出辽阔无比的疆域，繁荣了贯通欧亚的驿站丝路。

月光下，苏和正站在欧亚大陆的中心位置，丝绸之路的中转站，东西方文明的交汇点，他的脑海中复活了一个又一个热闹欢腾的古老场面。这里曾那么富庶，曾引领历史向前。可眼下，就连这些站立了千年，铮铮铁骨的胡杨，也许在不久后的某一天，都将默默死去。

这里是先祖的故乡，大元时期，土尔扈特部在这里驻牧。到了明朝中叶，逐渐向西游牧，最后在额济勒河

◆土尔扈特回归300周年纪念碑

（今伏尔加河）与雅依克河（今乌拉尔河）流域，建立了土尔扈特汗国。额济纳河给沙漠留下了绿洲，创造过举世瞩目的居延文明，先祖给儿孙留下了英雄的血脉和光辉灿烂的史诗，那我们又会给历史留下什么？苏和扪心自问。天地一片静穆，沐浴在月光中的神树，静静地倾听着苏和与祖先的心事。

300多年前，莫斯科公国崛起。已经在伏尔加河流域生活了140多年的土尔扈特人，受到了沙皇俄国的荼毒蹂躏。土尔扈特汗国的权力被架空，牧场被迁来的哥萨克人不断夺走，信仰佛教的土尔扈特人被迫改信东正教，还被强制实行人质制度。沙皇俄国将土尔扈特的青壮年推向战场，为他们征战不休。

在持续21年的战争中，土尔扈特汗国人口急剧减少，青壮年只剩下十之一二，经济严重衰退，他们再也无法满足俄国频繁的征兵、沉重的税赋、远距离的征战。但正在拼命扩张的沙皇俄国还需要更多的土尔扈特骑兵，去镇压无法忍受沉重税赋而起义的农民，去控制不同信仰的民族，去平定巴什基尔人的叛乱，去遏制不安定的其他周边游牧民族。

如果继续听命于俄国，土尔扈特将灭种灭族。

美丽的家乡，

那里不会有这么厚的冰，

这么厚的雪，

寒风凛冽的冬季也不漫长。

那里没有屈辱，

没有压榨和奴役，

更不会有对异教的迫害，

人质的扣压，

枪口驱赶下无止境的死亡。

那里的大山雄奇，

森林草原无限宽广。

那里的河流纵横，

大湖像天上的月亮。

无论走到哪里，

都有水草丰美的牧场。

无论是哪个季节，

也不会有愁苦悲伤。

那里就是祖国，

太阳升起的地方。

…………

就在这样的时刻，一曲古老的歌谣在土尔扈特部落开始传唱，并且越传越广。

歌者苍老嘶哑的歌声，唤醒了土尔扈特人心中的祖国。

祖国，给了土尔扈特人无穷的力量。汗国的营地开始了秘密集会，他们遥望着启明星盟誓：哪怕沙俄阻拦，哪怕艰险万里，我们也要回到祖国，回到太阳升起的地方！

美丽的伏尔加河啊，

年年岁岁静静地流，

流走了这世上多少欢乐，

留给我们多少忧愁。

…………

这是土尔扈特部和泪的吟唱。苏和凝神向西北方遥望，那是曾经生活在伏尔加河畔的祖先生活、聚集过的密林和山岗。

沙皇对土尔扈特人进行了严密监控，在土尔扈特汗国的周围布下重兵，他们如果贸然行事，后果不堪设想。为稳妥起见，土尔扈特部必须先与大清取得联系，得到清廷的允准和策应，他们才能实现东归回到祖国的愿望。

公元1698年，阿玉奇汗令他的侄子阿拉布珠尔以去西藏"熬茶礼佛"的名义，带着500人的先遣军出发。他们一路遭遇沙俄的刁难和盘查，绕路走过荒漠、戈壁、险峰、关隘、沼泽、河汊。他们这样走，是为了把山川地貌一一记下，绘制出地图，待返回后再与亲人们一起向祖国开拔。

经过半年多的跋涉，阿拉布珠尔终于回到祖国。他去京城见到康熙

皇帝，康熙对阿拉布珠尔的忠勇予以嘉奖，特诏封他为固山贝子，赐牧色尔腾草原。

正当阿拉布珠尔返回土尔扈特汗国的时候，归路却被准噶尔部阻断。阿拉布珠尔因为不能和伏尔加河畔的主体部落重逢团聚，就停留在战线的南面，并于1732年在河流两岸定居下来（今额济纳）。为了早日返回伏尔加河流域，阿拉布珠尔亲率500精兵参加了对准噶尔部的平叛。不幸的是，就在这一年，他去世了。他的儿子丹忠继续率领几百精兵对准噶尔部进行政征伐。

谁能想到，大清对准噶尔部的平叛，整整经历了康、雍、乾三朝，土尔扈特先遣军返回伏尔加河的事被一再耽搁。

夜已很凉，苏和靠着神树坐了下来。他想到当年回到额济纳河畔的先祖在此祈盼亲人回归的情形，如今他祈祷额济纳百姓安乐，河流如海。他又一次仰望神树，一阵微风吹过，树上的哈达翩然而动，它们仿佛是对苏和心灵的应答。苏和的心随之激荡起来，他听到了厮杀、听到了呐喊、听到了马蹄和驼掌在冰雪中的奔腾，听到了黎明前的歌声呼唤起东方的太阳……

公元1761年，阿玉奇汗的重孙渥巴锡执掌了汗位，土尔扈特人终于迎来了转机。渥巴锡接掌汗位的当天，就下达命令："从现在起，我们用三年的时间准备，在这三年里，汗国的家庭不生育孩子，不蓄养幼畜，家家户户制作好奶酪、干肉，为的是三年后的决死一战，永远摆脱沙皇。"汗国的男女老少齐声呼喊："三年内我们不生育孩子，不蓄养幼畜，制作好奶酪、丁肉，只等着三年后的那一天出发……"

1771年1月5日，是人类历史上值得铭记的一天。这一天，是俄历的圣诞节前夕，按照土尔扈特星占家的说法，是兔年的十二月初一，雪静静地下着，封冻的大地在凌晨发出幽暗的光。土尔扈特人站在深深的积雪里，寒风呼号，旌旗猎猎。渥巴锡汗用火把点燃了汗王的宫殿，一刹那，无数村落也燃起熊熊的烈火，人们将拆除的毡房、畜栏和小屋及所有不便于长途迁徙携带的东西都投进大火，火堆烈焰冲腾。他们用这样的行动告诉沙皇俄国，土尔扈特人将一去不返，迎接新生活。

成千上万的土尔扈特人乘上早已准备就绪的马车、骆驼和雪橇，在土尔扈特骑兵的保护下，离开他们生活了多年的土地。

土尔扈特部东归的消息，令圣彼得堡的女皇叶卡捷琳娜二世感到莫大羞辱。她立即下达命令，让哥萨克骑兵追击土尔扈特

土尔扈特东归纪念

土尔扈特蒙古族人民的英雄业绩，在世界历史上也是罕见的，曾经引起了巨大的震动。十七世纪三十年代，土尔扈特部迁徙到伏尔加河下游草原游牧，寄居异乡一个半世纪之后，为了挣脱沙皇俄国的残暴统治，英勇战斗，不惜蒙受巨大的牺牲，历尽恒古以来少见的艰难困苦，行程万余里，及至到达伊犁，17万人，只剩下8万余人，损失近半，终于在一七七一年（乾隆三十六年），回到了祖国的怀抱。正如一位英国文学家所述那样，"从有最早的历史记录以来，没有一桩伟大的事业能像上个世纪后半期一个主要的鞑靼民族跨越亚洲无垠的草原向东迁逃那样轰动于世和那样激动人心的了。"这一传奇般的历史事件——土尔扈特部西迁与重归祖国怀抱的历史，让今人感慨深思土尔扈特人与祖邦故土息息相关的真挚情感。

土尔扈特蒙古人所创造的英勇传奇与振奋人心的东归精神，是中华民族可贵的历史遗产，他是在生与死、血与火的熔炉中铸造的精神，更应该是在我们的普遍行为和社会实践中弘扬发展的精神。

2015年8月20日

◆土尔扈特东归纪念碑

人，迫使他们重返伏尔加草原。同时，将留在伏尔加河左岸的一万余户土尔扈特人监禁起来，致使他们永远留在了伏尔加河流域，与亲人远隔天涯。

东归的土尔扈特人一路上除了进行残酷的战斗，还不断遭到严寒和瘟疫的袭击。他们还能走吗？"我们是踏着亲人的尸骨走来的，现在还能回去吗？"渥巴锡的话立刻激起了还活着的土尔扈特人山呼海啸般的呼喊："我们踏着亲人的尸骨走来，就是死也要死在路上！"

英勇的土尔扈特人，不畏征程。

东归的土尔扈特人一路扶老携幼，赶着牲畜，克服瘟疫，冲破沙俄、哈萨克和哥萨克的追截和劫掠，闯过"无滴水寸草的大戈壁"。由于战斗伤亡、疾病困扰、饥饿袭击，人口大量减少。出发时，东归的土尔扈特人是17万，而抵达故土时已不足7万。

英国作家德昆赛在他的《鞑靼人的反叛》一书中这样描述："往往早晨醒来的时候，几百个围在火堆旁的男人、女人和儿童已经全部冻僵而死去。"

尽管东归的土尔扈特人畜损失过半，但是他们仍于同年六月初六的黎明到达伊犁的国境线旁。就在他们要踏上祖国土地的时刻，沙俄军队却将他们重重包围。女皇叶卡捷琳娜二世也来了，她发出了最后通牒："就此返回，可以既往不咎。否则，全部格杀！"面对沙皇的最后通牒，土尔扈特人说："蒙古的勇士，成吉思汗的铁血护卫军，又怎么会惧怕死亡？"正如蒙古史诗里对血性的蒙古勇士描写的那样，他们争先慷慨赴死，犹如赶赴动人的欢宴一样。

一轮红日喷薄而出，东归的人们望着近在咫尺的祖国，流泪高歌，很快，歌声就掀起了排山倒海的巨浪，在大地上流淌成河……

在那高高的山岗上，

一片浓雾白茫茫。

土尔扈特我生长的家乡，

日夜思念想断肠。

在那重重的山岗上，

一片大雾白茫茫。

土尔扈特我美丽的家乡，

朝夕思念想断肠。

骑在黑色的骏马上，

策动缰绳脚步匆忙。

土尔扈特我神奇的家乡，

在太阳升起的地方。

…………

天已经亮了，沙皇的士兵仍举着火枪。女皇叶卡捷琳娜二世望着只剩下66013个风尘满面，形容枯槁，衣不蔽体，鞋靴全无的土尔扈特人，也被深深震撼。她发出了深深的叹息，这是一个怎样的民族啊？她

下令了，命令一声接一声地传了下去："全体士兵，向天空鸣枪，为土尔扈特人送行，将他们送到想去的地方……"

土尔扈特人经过整整四代人的筹划，长达73年的准备，180天的厮杀，万里跋涉，终于回到祖国，回到了太阳升起的地方。流星划过塞外的星空，举目苍凉，历史云烟散尽，东归的英雄们站成了与胡杨一样的姿态，不倒，不死，不朽。

德昆赛曾这样评价："从最早历史记录以来，没有一桩伟大的事业像上个世纪后半期，一个主要鞑靼民族跨越亚洲无垠的草原向东迁徙那样轰动于世。"土尔扈特部东归祖国，是人类历史上的一次壮举，他们经历了常人难以想象的痛苦和磨难，终于回归祖国的怀抱。诚如一首卫拉特民歌所写：

> 额济勒河的水，
>
> 我们争分夺秒去渡过，
>
> 追击而来的萨拉达斯，
>
> 我们用刀枪弓箭去消灭。
>
> 启程东返的土尔扈特，
>
> 何惧萨拉达斯的威胁，
>
> 在蒙古人勇猛顽强的抵抗下，
>
> 敌人夹着尾巴逃跑。
>
> 离了遥远的额济勒喝水，

回到故乡伊犁河。

想到先祖不畏艰险，魂系祖国，苏和的无法平静。他再次仰望神树，一阵风吹来，悬挂在神树上的铃儿发出清脆的叮当声，一条洁白的哈达飘下枝头，倏然落在他的肩头……

这一夜，他决定不回家，他要去办公室厘清思路，为解决额济纳河断流的事寻找出路。

苏和走出胡杨林，疾步向旗委大院走去。

◆用胡杨枝架起的敖包是额济纳一道独特的风景

第四章　英明决策

苏和回到办公室，给妻子德力格打了一个电话，告诉她这一晚要写汇报材料，就不回去了，让她不要再等。

对于苏和的早出晚归，德力格早习以为常。她非常了解丈夫拼命三郎的性格，婚后，德力格就辞去了工作，一心扑在家庭上，照顾双方父母，哺育儿女。

额济纳河在春季断流了，人们陷入恐慌，这种情况下，德力格就更理解丈夫了。全旗的人都在等着政府想办法解决问题，等着达拉嘎们的帮助，他们是全旗百姓的寄托。

苏和一早要从北京回来，德力格已经接到消息。前一天晚上，她就开始为丈夫准备饭菜。可是，一直等到午饭时间，丈夫还没有回来，她有些担心，就给旗委办公室打了电话，这才知道丈夫一进额济纳，直接去了东河水网。丈夫总是这么奔波，德力格真怕他的身体吃不消。由于

长期忙于工作，过度劳累，他已落下了一身的病，一着急就浑身发抖，还患有严重的糖尿病、高血压。

德力格忐忑不安地等着。丈夫终于来电话了，可他说写材料不回家了，她立刻猜到丈夫没有说出的后半句话，明天，他又要出发，他要去"跑水"汇报。

放下电话，苏和突然感到浑身无力，额头冒出大滴的汗珠，久病成医，他自己明白这是因劳累饥饿出现低血糖。他急忙打开桌上的糖罐，把一大把糖放进嘴里，急慌慌地嚼了起来。过了一会儿，他感觉体力恢复了不少。想到自己还没吃饭，苏和站起来，从柜子里拿出奶茶和炒米准备垫补一下。就在这时，妻子德力格走了进来。

"该吃饭了，你又将就。"妻子嗔怪道。

见妻子走进来，苏和的心里涌过一股暖流。

苏和端起妻子盛好的饭，自顾自地吃了起来。

"怎么，就这么吃了？你看这是什么？"妻子面带俏皮地问道。德力格变戏法一样从背后拿出一小瓶白酒。

苏和愣了一下，然后笑了。德力格感觉宽慰了一些，她已经有些日子没见到丈夫笑了。

苏和明白妻子的良苦用心，她是想用这样的方式缓解他心中的压力和焦灼。他也表现出轻松的样子，为的是减少妻子的担心。也许是温热的白酒起了作用，又或是他太过疲劳，他竟吃着吃着倚在沙发上睡着了。

德力格没有惊动他，默默收拾好餐具，给他盖上外套，然后坐回到沙发上。看着熟睡的丈夫，德力格心里一阵难过。丈夫的头发已经全白，他太累了，她希望丈夫能多睡一会儿，尽管这样的睡姿并不舒服，但也总比不睡强，总算能休息下来了。

结婚多年，他们早已活在彼此的心底，无声交流已是一种沟通。望着眼前疲惫的非丈夫，德力格记忆的闸门打开了。

◆依水而居的胡杨林

那是1961年，他们还在旗里的中学读书。有一天，他们突然听到一个消息，额济纳河的西支干——讨赖河断流了。苏和与同学们疯了一般跑遍西支干水网的安都高勒、哈特台河、聋子河、赛罕高勒、穆林河、

乌兰艾力格高勒、马特格尔河、巴拉吉尔敖包河8条支流，他们看到曾经水流汹涌的8条河里已没有一滴水，只有一个个开裂的河床裸露在风中。

他们又跑到西河水网的汇聚地——嘎顺淖尔。他们看到曾经水天相接的大湖也已经干涸，干涸的大湖就像一只仰望苍天哭瞎的眼睛。

水没了，很多人都哭了，苏和也哭了，他蹲在湖边，比其他人的哭声还要大。就在那一瞬间，德力格被苏和对家乡的深情和质朴打动。后来，他们相恋结婚，同甘共苦走过了半生。

刚睡了半个小时，苏和就醒了。苏和揉着眼睛，说自己怎么睡着了，怎么不叫醒他。他问起了父母、儿子、女儿和家里的一些事情，并且告诉德力格，明天，他得去"跑水"。

德力格该回家了，苏和把她送到旗委大院的门口。望着妻子远去的背影，他的心头再次涌起深深的歉意。这么多年，为了工作，他很少关心父母、妻子和儿女，妻子一个人照顾全家老小，就连妻子去盟医院做乳腺切除手术，也是事后才告诉他。他多想有一段空闲的时间陪陪妻子或者参加一次儿子、女儿的家长会，可他能有空闲的时间吗？额济纳河断流了，他必须尽快向阿拉善盟政府、内蒙古自治区政府、国家水利部以及国防科工委在额济纳旗的基地进行汇报，协同有关方面将问题尽快解决。

送走妻子，苏和站在旗委大院出神远望，夜色里，额济纳已进入梦乡，出奇宁静，断流的慌张与恐惧似乎被黑夜吞噬了一般，被人们遗忘了，不存在了，消失了。他的心滑过丝丝酸楚，他多希望额济纳好梦常在。对这片土地上的一切，他是那么熟悉。他生于斯，长于斯，他说过他也终将埋于斯，他为这片土地而骄傲。他也了解这片土地的伤痛与迷茫，他对额济纳河孕育出的璀璨文明深深热爱和迷恋，他对这片土地的历史如数家珍。

◆黑城

由于长时间与外界隔绝，外面的人并没有真正了解这片土地。即使有人来到这里，也会认为这里只不过有戈壁、沙漠和一小片绿洲，认为这里"地上不长草，天上无飞鸟，风吹石头跑"。然而，纵观历史，对额济纳绿洲的争夺却从未停息。这里是中国北进蒙古国、俄罗斯的重要战略通道，是西锁河西走廊的要冲，也是连接欧亚的桥梁。历史已无数次证明这一点，额济纳不仅是中国地理版图上的重要坐标，也是华夏文明最重要的组成部分。

土尔扈特人万里归来后，在巴彦宝格德山设立了祭祀的巴拉吉日敖包和乃斯日敖包，又建成姜其布那木德灵庙，还请来多个活佛在灵庙坐床，可还是未能驱走侵略者的觊觎和冒险家的掠夺，未能保佑这里不卷入动荡。

"九一八"事变后，日寇为夺取东三省、控制北方、隔断中苏联系的战略目的，将目光瞄向了在一般人眼中无足轻重，实则是战略要地的额济纳。

1935年，大批日本特务潜入额济纳境内，通过收买和利用，占据了赛日川吉庙，并将庙宇变成存放武器弹药和军需物资的仓库，还在庙宇东侧的戈壁上修筑了极其隐秘的飞机场。庙宇里，弥漫的不再是绵绵的祈福和冉冉升起的香火，狠毒的诅咒使这里充满了阴冷血腥的味道。

日本人图谋西北的消息传开，1936年《大公报》派记者范长江潜入额济纳暗查情形，他在土尔扈特向导的带领下秘密采访近距离拍照，掌握了日寇的全部罪行。很快，一篇犀利的文章发表，对日寇的嚣张气焰给予致命的打击。他在《塞上行》一文中说，日特"将佛教圣地，变为战争的弹药库，将人民会盟和欢乐之地的佛教广场，变成轰炸中国大地的飞机场……"

　　范长江的报道真实地揭露了日寇侵略吞并中国，欲将额济纳建成战略桥头堡，以袭击榆林、兰州、武威、张掖、酒泉和哈密的图谋。一时间舆论哗然，也由此激起了额济纳人民的强烈反抗。在共产党和爱国王爷塔旺嘉布的组织支持下，日寇存放武器弹药和军需物资的赛日川吉庙被炸毁，机场也被废，日特得到了应有的惩罚……

　　苏和回到办公室，走到了那幅新版的额济纳地图前，映入眼帘的是西部的马鬃山，中间的蜿蜒绿色带，东部的巴丹吉林沙漠。他再次把目

◆宝日乌拉草原

光聚焦在带状的蜿蜒的绿色之上，看着由上到下交织着的东河水网。它的顶端是策克口岸，往下是东西居延海，再向下是距离达来呼布镇163千米处的新西庙、老人湖、狼心山、古日乃湖、宝日乌拉……最后，苏和的目光停留在了宝日乌拉……

一阵清脆的笑声中，少年苏和正与一群小伙伴们在宝日乌拉的雪原上奔跑玩耍，天边突然出现飞机，并很快落在他们的身旁。

机舱门打开，首先走下来几位穿着军服，领章肩章帽徽闪闪发亮的中年人，后面是一群黄头发蓝眼睛的中年人，他们也有领章帽徽，只是穿着的军装不太一样。那是苏和与小伙伴第一次见到直升机，还有黄头发蓝眼睛的外国人，他们不知道这些人来到这里干什么。

紧接着，他们看到塔旺嘉布旗长坐着他的吉普车向这边飞驰而来，他的车后是策马赶来的旗领导。在他们的后面，是牧民驱赶的数百峰踏雪而来的骆驼，所有人手里都捧着哈达，几十条或许是上百条哈达迎风飘动，形成一片摇曳的经幡，没有声鼓诵音，自汇成了祈福的洪流，肃穆天地。那阵仗仪式，即便在苏和日后的人生中，几乎再也没有见到过。

塔旺嘉布，是土尔扈特东归先遣军首领阿拉布珠尔的直系后裔。民国时期，他任额济纳旧土尔扈特旗扎萨克王爷，额济纳的中将防守司令。1949年，通电全国宣布起义，参加了新中国的建设，时任内蒙古巴彦淖尔盟（今巴彦淖尔市）副盟长，额济纳旗旗长（当时额济纳旗归巴

◆塔王府旧址

彦淖尔盟管辖）。

塔旺嘉布旗长用最隆重的礼仪迎接客人，他们献哈达、敬酒，在歌声中热情握手，相互介绍。

那年，苏和刚11岁。很快他就听父母说，额济纳的地下发现了宝贝，国家的大工业要在这里上马。

想到这些，苏和精神头又上来了，他从地图前离开，走到文件柜前，把一份卷宗拿了出来。苏和坐在办公桌前，摊开一摞已经泛黄的资料，额济纳的风沙拂去了岁月的尘埃，近乎半个世纪的煌煌飞天大梦，

清晰地浮现。

苏和小心翼翼地翻看着。

20世纪50年代，刚从千疮百孔中站起来的共和国，还没来得及展开建设，朝鲜战争就爆发了。中国派出志愿军，在朝鲜战场狠狠教训了侵略者，但西方国家很快又在中国人民的头顶悬起一柄达摩克利斯之剑——核威胁和核讹诈。在中国遭受封锁与围困的背景下，共和国的缔造者们决定：发展中国自己的导弹、卫星、原子武器，在一穷二白中建设我们的国防。

自此，中国走上了国防科研的建设道路。经过专家们的研究与实地走访，最后，锁定了甘肃与内蒙古交界的额济纳的宝日乌拉地区，作为新中国第一个陆上导弹综合试验靶场筹建地。这一抉择，注定将宝日乌拉草原载入中国社会主义建设的煌煌青史。从此，额济纳人民的命运与靶场建设者的命运紧密联系在一起，与共和国的国防科技和航天事业紧密联系在一起。

2011年12月15日，酒泉卫星发射中心原副主任刘庆贵在《揭秘东风航天城》中这样写道："共勘测了8处，找不到第二个比这里更好的地方。这里安全、保密、移民少，测量点好布置。尽管风沙大且干燥缺氧，年平均降水量40毫米左右，蒸发量高达3000多毫米以上，但有额济纳河流过，地下水也极为丰富，丰富的地下水为施工建设和生活用水提供了保障。记得大部队往北开，两公里打一眼井。井深五米可见水，且都是甜水。用竹筐当井壁，相当方便。大戈壁多处可跑汽车，且没有移动的沙丘'搬家'。航天城内像小江南，一出航天城，东面是黄沙滚滚的大沙漠，西面是茫茫的大戈壁……"

1958年4月24日上午9时许，在宝日乌拉新建的中共额济纳旗委员会会议室召开了军民座谈会。会议由中共巴彦淖尔盟委员会书记巴图巴根主持，参加会议的人有中国人民解放军巴彦淖尔盟军分区副政委席达，中共额济纳旗的主要负责人。

会议的内容大致如下：

首先，巴图巴根书记传达了国家领导人的指示。最后，巴图巴根书记强调：一定要严格保守秘密，不能对任何人讲，包括自己的亲人。泄露机密给国家造成损失，会受党纪处分。他还说，为了加强国防建设，中央选定在额济纳旗建导弹训练基地，需要腾出大片草场，旗政府、几个苏木以及人畜、寺庙都需要搬迁。这是中央的信任和重托，是局部利益服从国家利益的问题，也是额济纳旗人民对国家的重大贡献和光荣使命。当务之急，是充分做好广大干部和牧民群众的思想工作。做好搬迁移牧工作，需要旗里迅速组织人力研究，拿出方案。

然而，就在中央选定在额济纳旗建导弹训练基地的同时，额济纳旗委政府在宝日乌拉的办公新址707间也刚刚完成土建。707间包括旗委、政府、政法、公安、学校、新华书店、银行、邮电局、工业厂房、招待所、商业局、林业站、卫生院、粮站、文化馆、畜牧站、水利队、气象中心站等的办公用房已经进行了分配。刚分配的还有边防站的1570平方米土地和办公用房。也是在这一年的春天，额济纳旗组织了40名青年干

部在宝日乌拉昼夜苦战，历时两个半月，完成500亩的造林任务。

此时，所有的干部职工和群众都在盼望着搬进新的办公、学习、工作环境。将已完成土建的房屋废弃，干部群众能想通吗？

这里有完善的生活设施，高12米的水塔，520平方米的礼堂，多所学校、医院、卫生所，不远处的2个苏木同样有150多间办公用房、配套生活设施，还有额济纳最辽阔丰美的牧场。

这里的地方国营查干陶海农场，有1.1万亩地势平坦，土质肥沃，便于河水灌溉且交通运输便利的耕地。就在这一年，2000亩的耕地刚产粮21975公斤。

这里祭祀先祖的巴彦宝格德敖包、巴拉吉日敖包、乃斯日敖包和姜其布那木德灵庙，是土尔扈特的圣地。这里还有牧民们眷恋的牧场以及几十万头骆驼、驴马、牛羊。

要搬迁了，可所有的办公建筑、生活设施、草场、敖包、灵庙都搬不走，能搬走的只有要去沙漠戈壁边缘生活的人和牲畜，他们能答应吗？蒙古民族是最热爱土地、热爱家乡的，额济纳旗是土尔扈特部落的领地，牧民们在此定居200多年了，塔旺嘉布旗长、干部群众、喇嘛、广大牧民能答应吗？

最紧急的事，莫过于先做通人们的思想工作。

于是，巴图巴根书记亲自上门做塔旺嘉布的工作。没想到这位王爷在得悉党中央的决定后，立刻说："我本人热烈欢迎，全力支持！""在我的家乡建设关系国防发展的导弹综合试验靶场，这是好事！"巴图巴根很是激动，他进一步说："建设导弹综合试验靶场，需要广阔的草场。要将这些草场划定为军事禁区，禁区内不得有任何老百姓居住。这就是说，要把新建好的旗政府和所有百姓全部搬出来。"塔旺嘉布没有任何犹豫，他手一挥，非常坚定地说："可以搬迁！"

巴图巴根被这位深明大义的王爷感动了，更让巴图巴根感动的是，塔旺嘉布还表示，要去做牧民的思想工作，他说这是他义不容辞的责任。

在当月召开的额济纳旗第三届人民代表会上，塔旺嘉布提出："我们的牲畜已发展到55万头，必须走改良、走机械化之路。要通过搬家移牧，苦战一年或稍长一点的时间，实现牧业合作化、机械化、水利化、游牧定居化的目标。"

紧接着，一场先党内后党外，先普通干部后广大群众的思想动员工作轰轰烈烈地展开了。广大干部一致认为："发展工业是国家和每个人都盼望的伟大事业，马上就要实现了，我们高兴，完全拥护，坚决支持。我们的搬迁，是为实现工业化提供发展空间，这是党和国家对我们的信任。我们一定要从国家利益出发，拿出革命的干劲来完成这一项光荣任务。"

广大干部职工的思想做通了，额济纳旗委政府立刻派出多个工作组，走进牧户宣传动员。没想到他们得到的也是一样的回答："党和国家为了6亿人的幸福，搞工业建设。我们愿意把自己的地方无条件地送给国家。让我们搬家，我们就搬，没有二话！"

牧民们的思想工作也做通了，可是姜其布那木德灵庙的喇嘛们却不愿意走，他们担心灵庙搬迁会失去法力，更不愿意搬动佛像亵渎神灵。经过旗委政府的反复动员，塔旺嘉布旗长的说服引导，最终做通了84名喇嘛的工作。很快，灵庙的几千头牲畜以及供养的26头（只）神马神驼神羊，由旗里派来的人专养专放。

搬迁中的点点滴滴还在苏和的心中激荡，他感慨万千，他的眼睛再次湿润了。34年以来，由于国家最高机密的缘故，与靶场建设有关的信息外界都无从知晓，世人也根本无法了解，额济纳旗人民为新中国的国防建设事业付出了多么沉重的代价。当年拉着骆驼、赶着牛羊腾出草场，扶老携幼进行了长达10年的艰苦辗转搬迁的牧民，当他们听到神舟号飞船升空的轰鸣声响，他们没有哀怨，他们喜极而泣，长跪不起。

为了保密，东风航天城实验基地被命名为酒泉卫星发射中心，默默无闻的额济纳人当了半个多世纪的无名英雄。

苏和记起了几年前的那次军地座谈会，旗里的老领导回忆起那段岁月，依旧百感交集。他们说："当时，是我们低估了群众的觉悟。我们的觉悟，其实已远远落在群众的后面。"

苏和知道，牧民们当时能够热烈响应党的号召，毫不犹豫地让出草场，是中华人民共和国成立初期，我们党在内蒙古自治区执行了"牧场公有，放牧自由""不斗，不分，不划阶级""牧工，牧主两利。扶助贫苦牧民生产生活"的"三不两利"民族政策，使人民生活水平迅速提高，社会稳定，安居乐业；是塔旺嘉布旗长在民众中拥有崇高的威望，干部群众能够同甘共苦；是国家发展工业，给额济纳旗人民带来了幸福生活；是土尔扈特英雄精神的传承，构建了他们的家国情怀。

1958年4月24日，中央及地方领导遵照中央尽量少移民、少占草场的原则，对军事禁区需占用的土地进行了认真的协商。

可是，当地方的领导听闻缩小基地规模会对未来的国防建设产生不利影响时，大家一致建议，还是以苏联专家的设计为准，再次将已商定的结果推翻，执行了原来的计划。

他们拟制了暂定基地的范围，暂定的军事禁区界线为东西走向，从东向西：古日乃湖乌陶海庙—东河额很查干—西河老西庙（琪琪格尔图生产队以南）—阿拉腾乌素（石板井）—马鬃山草场—公婆庙一线以南地区。

也就是说，额济纳旗为基地让出了全旗总面积的55%，共6.3万平方千米的土地。所占区域在额济纳河畔，地下水丰沛，有肥沃的土壤，多处湖泊，广阔的胡杨林，集中了额济纳最优良的牧场，还有额济纳旗委政府所在地，土尔扈特人经营驻牧了200多年的家乡。

经总参谋部通讯兵部批准，基地开始使用"东风"电站通讯代号。后经总部批准，基地正式使用"东风"名称。至此，中国第一个国防科研试验基地——导弹综合试验靶场在额济纳宣告成立。

1958年，两支劲旅——一军、一民，在这雄浑的大漠深处上演了震撼人心的故事，让出了6万多平方千米的最好的草场，为东方航天城提

供了最理想的建设场地。额济纳人民塑造出"生而一千年不死，死而一千年不倒，倒而一千年不朽"的胡杨精神，为祖国做出了重大贡献。与此同时，志愿军二十兵团从朝鲜战场回国，征程未洗、戎装未解，便悄然开进荒漠戈壁，从此开创了前所未有的伟大事业。

苏和的眼前浮现出一座高大的石碑，上面镌刻着："根据党中央、国务院、中央军委指示，1958年5月12日中共内蒙古自治区作出决定：额济纳旗向北迁移140公里，以支援国防建设。"那是基地的建址碑文，高大的石碑至今矗立在宝日乌拉草原额济纳旗政府的旧址旁。

苏和缓缓合上卷宗，把它们放回柜子里。他又郑重地坐到办公桌前，铺纸执笔奋笔疾书，为这一片大地，为心中的绿色和希望。

这又将是一个不眠之夜。

◆东风镇故址

中部

第五章　大漠中的苦难与辉煌

黎明时，风就刮起来了，整个额济纳都在风中。

风来来回回地吹着，风中传来了手扶拖拉机连续不断的嘟嘟声、赶牲口的吆喝声和人们的喧哗声。

声音愈来愈近，人群渐渐清晰起来，是一支由年轻人组成的队伍，他们是去"调水""送水"。前面是几十辆手扶拖拉机，后面是数百辆的勒勒车，每辆车上拉着大小不一的水箱。额济纳河断流，为缓解农牧业生产困难。旗委政府发出立刻组织"调水""送水"的号召，一大早，人们就向那几口机打的深井奔去，他们要在那里把车上的水箱加满，然后送到农牧业生产的第一线。

这些"调水""送水"的手扶拖拉机和勒勒车，都是连夜从各个苏木和牧民家里征集来的。人员是额济纳旗共青团组织的，他们没有报酬，每个人都是自备水和干粮。他们早早地集合在一起，准备出发。旗

环卫局的浇树车、洒水车也开了出来，清晨的达来呼布镇一下子热闹起来了，这样的活动，之于他们来讲不是第一次，但所有的人都希望这是最后一次。

额济纳的人们熟悉并习惯了这里的生活，在额济纳河畔，在这遥远的天边，他们朴实、谨慎、坚强、自在、自足地活着。他们有着强烈的集体意识，有着他们自己的精神追求。就如额济纳的天空、额济纳的风，天空和风的存在方式就是他们的存在方式。人们总说造化弄人，环境同样也弄人，隔三岔五的大风大沙，断流缺水，持续的干旱，导致了他们对自然不一样的依赖、包容、无奈和深深地敬畏，同时，西北戈壁特殊的气候和地理，也培育了他们坚韧、吃苦耐劳的精神品格。猎猎西风中，作为大写的额济纳，绽放出永不言败的气质，悲壮、顽强、孤傲，甚至于浪漫，充满乐观向上的彭渤力量。

这一天，旗委政府的工作人员早早来到了单位，电话铃声在各个办公室不断响起，他们有的是在打给阿拉善盟农牧局，通报这里的灾情；有的在向邻近的巴彦淖尔盟、蒙古国、宁夏回族自治区等地，紧急求购饲草料、搭建暖棚的毛毡、地膜、耐旱种子、输水的胶皮软管；有的在与内蒙古自治区水利地质部门联系，落实额济纳旗地质勘探事宜。

额济纳河断流，额济纳旗地下水水位急剧下降，据气象部门预测，1992年北方地区干旱的时间要总体长过以往的任何一年。

沸腾的额济纳，焦灼浮动。

而这一刻，会议室里却是异常安静，旗党委成员正在认真审阅苏和连夜起草的报告。

苏和的报告全票通过。秘书把套上红头的报告打印好，装进档案袋放在苏和面前。"跑水"工作马上就要开始了，整个会议室鸦雀无声，每个人都心事重重。

就在这时，外面传来了几个人的争吵声，苏和走了出去。他看见一个穿着破旧衣服，身材瘦小的男人正不顾门卫的阻拦拼命往里冲。他用蒙古语喊着，请求达拉嘎给他做主，让他留下来，他在这里已有了家庭，他想留在这里。苏和制止了门卫，走到他们身边问发生了什么事。不料，这个男人却手捂着脸呜呜地哭了起来。

苏和仔细一看来人竟是巴图孟克。

"孟克，你这是怎么了？"苏和俯下身子问道。

巴图孟克听到了他熟悉的声音，一下子激动起来。

"达拉嘎，你还认得我？我求你帮帮我！"巴图孟克恳求道。

巴图孟克原来是邻近的巴彦淖尔盟乌拉特旗的农民，几年前，为了生计，来到额济纳旗。那年，正赶上机井队招工，他去找生产大队书记，说他想去机井队打井，但来应聘的人太多，加之又不了解巴图孟克，大队书记就是不肯答应。当他失望地从生产队走出来时，正好碰上苏和。他向苏和说明了经过，让他没想到的是，苏和竟带着他去找生产大队书记，并对那个书记说，这是个好小伙，技术好，人也朴实，再说帮我们打井也是好事，把他留下来吧！就这样巴图孟克被留了下来。

不久，巴图孟克在这里成了家，还有了孩子。前几天派出所做人口普查，因为他没有当地户口，给他下了限期返回原籍的公函。万般无奈下，他才来到旗里找曾经帮助过他的那个达拉嘎。巴图孟克自己也不知道能不能见到他要找的人，他甚至不知道对方的名字。

几天前，苏和去北京开会已获悉，为加快民族地区经济发展，国家已逐步放宽边境地区人口管制。额济纳河断流，苏和匆匆回来忙着处理这事儿，还没顾上传达这个会议精神。

"你慢慢说，别激动！"苏和拍着巴图孟克的肩膀说道。

"我不想离开这里，我想留下。"巴图孟克有些胆怯地望着高他一头的苏和。

"我会打井，还会修理机械、电器。"巴图孟克继续说道。

"那好，回去迁户口吧，把户口迁过来，你就是额济纳人了。"苏和对他说道。

"达拉嘎，这事你能做主？"巴图孟克疑惑地望着苏和。

苏和点点头。

巴图孟克愣怔了一会儿，掉头跑出旗委大院。

很多年以后，当笔者去黑城拜访苏和，在梭梭林的老井房门前，一个身穿迷彩服的老人正趴在一台锈迹斑斑的水泵上仔细地扳着螺丝。笔者走上前去，他抬起头，他很瘦，额头上刻着深深的皱纹，尖尖的下巴，黑黑的皮肤。见有人来，他的脸上露出了腼腆的笑，是一种淳朴的、久违的笑，很感染人。笔者心头一热，不自觉地向他伸出了手，"你好！"老人讪讪地伸出手。他的手掌长满了厚厚的老茧。

他就是巴图孟克。

当提及当年那段往事，老人历经风霜的脸微微地抽动着，他的这个表情背后存着非常丰富的记忆，从他湿润的眼睛中，你能读懂那份感恩一直存在。

巴图孟克告诉笔者，苏和旗长人缘特别好，爱帮别人。好多牧民自

◆巴图孟克站在自家门前，满脸笑容

家的围栏倒了，里面进骆驼了，他们就赶快给苏和打电话。一次巴图孟克去赶羊群，苏和给巴图孟克打来电话，说牧民告诉他，围栏里进骆驼了，让去帮忙一下。巴图孟克刚去的时候，牧民不认识他，就向苏和反映围栏里有一个不认识的人老是转来转去的，不知道是干什么的。苏和书记听了哈哈大笑起来，玩笑说是他派去的拯救羊群的朋友。现在。苏和和巴图孟克早已是无话不谈的老朋友了……

这么多年过去，孟克老人还是习惯叫他苏旗长、苏书记，他把人生最重要的记忆，留给了最令他感恩的岁月里。老人不太明白生态、文明、历史、边疆、责任、军民融合等这些大概念，他只知道活下去很重要、种梭梭很重要，搞破坏，老天就会发怒。他与他感恩的达拉嘎一同坚守着这片热爱的土地，守着一座古城，维护并创造着人类与自然、与社会的和谐，也即老人口中所谓的"活得踏实，活得有奔头，活得对得起老天爷"。其实，这是最朴素也是最闪光的人生哲学，它蕴含在建设美丽中国的元素之中。

老人话很少，问他问题时，他总是用最简短的话语来回答。他正在修一台锈迹斑斑的水泵，那是他在废品回收站用略高于废铁的价钱买回来的。巴图孟克认真地拧上最后一颗螺丝，走到墙边合上电闸，水泵嗡嗡地启动了。苏和走了进来，"两天工夫没白费呀！孟克，还是你手艺好，硬是把一堆废铁变成一台能转动的抽水机。"

老人憨憨地笑着，转身又去忙其他的事情了。

"孟克是老伙计了，他为这儿做了很多事。现在他们老两口就住在你们来时路过的那片梭梭林边。"苏和为自己当年能把巴图孟克留在额济纳而欣慰。

对人才与技术，苏和格外器重。他深知额济纳环境的改善与社会的发展，不是他一个人或几个人能完成的，建造美丽额济纳需要更多热爱它并愿意为它付出和奉献的人们。

之于评判和用人方面，苏和最为倚重和看好的是一个人的品质。

1987年，时任额旗旗委书记的苏和给永红打去一个电话，说五一马上到了，旗里要表彰一批先进，宣传部门要做好优秀劳动模范的选树工作。他强调，在选择确定先进典型时，要把目光投向基层，善于从普通群众中发现典型、树立典型，让广大人民群众从自己身边的平常人和小事中看到不平凡的精神境界，实实在在感受榜样的人格力量。

永青加布就这样走进苏和的视野。

20世纪80年代初，年轻的永青加布放弃供销社的正式工作，回到家乡赛罕陶来苏木藏查干嘎查重新当上了牧民。几年间，凭着一股不怕苦不怕累的劲儿，永青加布把原先无人问津的荒漠逐渐开垦成良田，并开辟了人工饲料草场基地，实行划区换季轮牧。致富后的永青加布没有忘记乡亲们，总是热情地帮助大家解决困难。鉴于她所做的一切，旗委宣传部计划将她确立为典型。在一次会上，苏和语重心长地告诉大家，真实是先进典型的生命，先进典型之所以能打动人、鼓舞人、激励人，是因为他们来自基层，有血有肉，生动鲜活。在选举、推荐、宣传先进典型的过程中，必须体现真实性。为此，苏和先后几次深入赛罕陶来苏

木，亲自了解永青加布的事迹。最终，永青加布被评为全国劳动模范、全国"三八"红旗手、优秀共产党员，并光荣当选全国第十五届、十六届党代表。

苏和一直认为，典型是一面旗帜，更是一种力量。这种力量不是"1+1=2"，而是"1+1＞2"，是会感召别人，推动社会向前的。留住巴图孟克，发现永青加布，苏和愿意为他们做一些力所能及的事情。苏和笑着对笔者说，这些人就像大漠里的梭梭、红柳、胡杨，他们的根是深扎在这片土地上的，任黄沙漫漫、苍凉萧索，他们都不会离开，撵不走，苦不散，他们的魂是系在这茫茫戈壁了。

苏和准备出发了。

一位副书记忧心忡忡地把苏和拉到一边悄悄地问："此行你觉得有把握吗？我们得做最坏的打算。"

苏和明白他的意思，但苏和还是问了一句："什么打算？"

副书记憋了半晌吐出两个字："迁徙……"

苏和仰头向天空凝望了片刻，迅速向吉普车走去。

风更大了，汽车驶出旗委大院奔向距离达来呼布镇163千米的国防科研基地，这是他们此行的第一站也是最近的一站。接下来，他们要去距离额济纳旗640千米的阿拉善盟所在地巴彦浩特，还有远在1000多千米之外的内蒙古自治区首府呼和浩特，最后是去距离呼和浩特630多千米的北京。

车外的黄风铺天盖地，车速明显减慢。苏和的耳畔回响起副书记的话，他更加焦急起来。难道额济纳旗真的要再次迁徙吗？他的思绪飘回到34年前的那次大迁徙。

对于生活在额济纳河畔的人来说，迁徙并不是一个陌生的话题。

时光回到1958年，那是鼓足干劲，力争上游，多快好省地建设社会主义的年代，额济纳人民为中国大工业能落户额济纳旗欢欣鼓舞，也由此激发出了冲天的干劲与豪情。

为了支持国防科技和航天事业，以土尔扈特蒙古族为主体的额济纳人民，举旗搬迁，而限定从宝日乌拉草原迁出的时间只有5个月，所有工作都得齐头并进。旗委政府和即将搬出的额济纳人努力克服了因搬迁而产生的重重困难。

搬迁的思想工作做通后，需要搬迁的是一支庞大的队伍，有4000多名干部职工、农牧民，几十万头牛羊，该在哪里安置？路上怎么宿营？该怎样安排才不会影响农牧业生产指标？面对数不清的问题，当时的额济纳旗委政府组织领导干部展开激烈的讨论并做了充分准备，刚落成的额济纳旗政府礼堂灯火通明，会议一个接着一个，直到第一百二十二次会议，牧民们的搬迁安置、组织合作社等计划与工作部署才算完成。

一份酝酿很久的搬迁计划出台了：为每户牧民打一眼井，每个合作社配备一部水车，每户平均修建两间半房屋，每三户修建一座大畜圈，每户平均修建两座小畜圈，每户修建一座羔羊棚；组建一个公私合营牧

场；办20个合作社，60％以上的牧户参加合作社，基本实现合作化；3年内搞1.5万亩农场；同时在东戈壁、西戈壁、东西居延海间、巴彦陶来、乌兰额日格5处，建设5个育草站、2个机械林场、2个马拉林场，造林育草扩大草场面积38.7万公顷，以提高载畜量；修建建国营至三盛公的800千米公路；修建一座中型水库，打机井30眼，基本实现水利化……

亟须解决的事情一件件摆在眼前，要迅速解决党政机关、企事业单位的办公用房，打井、盖房、成立合作社等问题，还有农牧民群众的人畜饮水、草场以及棚圈的建设等问题。一场声势浩大的建设工程展开了，没有土坯砖瓦，就请解放军战士就地取材脱坯烧制；没有盖房的椽木和草席，牧民们就去伐木、打芨芨草编草席。一切似乎都进展得很顺利，可一位牧民的问话却把所有人惊醒："我们已经做好了搬迁的准备，可该搬迁到哪里？到现在也没有人告诉我们。"是啊，牧民们该搬迁到哪里，直到此刻仍没有确定下来。并非没有找，而是一直找不到一片草场能够安置众多的牧民。北部的策克地区靠近中蒙边境，容易发生人畜越界，不行；西部的马鬃山地区属于军事禁区，不行；在军事禁区的外围也没有找到成片的草场，他们又转向东边和南边，也都不行。最后，他们在吉格德查干、达来呼布、苏泊淖尔三个方向找到了零星的草场，基地筹备处立刻组织部队车辆、人员，用当地的胡杨、红柳、沙枣等修建了很多个长50米、宽50米，分割成四块的大羊圈，并配套修建了大口井，牧民们称其为伊和日哈沙。

为了解决饮水和浇灌，搬家的3个月中，部队又在草原上打井352眼，新修冬春大型田字形畜圈57座，夏秋大型畜圈24座。

为了支援地方建设，中央无偿调拨了23台拖拉机、5台链轨车、5辆汽车、2台打井机、800立方米木材、800万元和部分农机配套维修设备。2个加强营的解放军战士也分布到各个搬迁点，帮助额济纳旗整体搬家。

1958年6月15日，为了国防建设，所有人都把搬迁看得无比神圣，额济纳人又一次走上了迁徙之路。此时，正值额济纳最热的季节，这是牲畜的抓膘季节，早走和迟走完全不一样。尽管牧民们对搬迁热情高涨，但他们还是提出了请求，搬迁能否推迟到秋天。旗委政府体谅牧民们的心情，他们派干部督促牧民们抓膘、剪毛，同时，搞欢送欢迎仪式，安排人员在搬迁的沿线送水、送茶等，尽他们所能给予牧民们最大的帮助。

就要走了，旗委政府的干部职工看着刚完成土建的办公楼、崭新的生活设施恋恋不舍，他们只能在心里把这片熟悉的地方牢牢记住。

两个苏木的干部职工、牧民们也要走了。他们不仅要留下这里的办公用房、配套的生活设施，还有这片辽阔丰美的牧场以及他们先祖的灵魂。

地方国营查干陶海农场要搬迁了，工友们深情凝望着留下的1.1万亩地势平坦，土质肥沃，便于河水灌溉且交通运输便利的耕地，不舍离去。

姜其布那木德灵庙要搬迁了，庙里的神像已被一个个包裹起来，搬到了30辆军用卡车上，最大的神像搬不走，只能留在庙里。众喇嘛念完经后，泪水涟涟。

要搬迁的还有几个学校，卫生院，教师、医生、护士以及几百名学生和几十万头驼马牛羊。

隆重的祭祀开始了，这是额济纳人最后一次祭祀巴彦宝格德敖包、巴拉吉日敖包、乃斯日敖包。这三座全旗祭祀的敖包，圣地的标志，也只能留下。所有人跪倒在地，牧民策日玛唱了起来：

> 西域的额济纳啊，
> 辽阔无边的牧场。
> 涌动的河流甘泉，
> 上天赐我的安康。
> 巴彦宝格德山啊，
> 巍然屹立在心上。
> 记下难舍的情感，
> 扶老携幼迁远方。
> 东西两河牧草地，
> 长着美丽的胡杨。
> 二十八千座山岭，
> 祖辈生活的地方。

赶着牛马和羊群，

离开额济纳家乡。

跪在地上磕头的人们，祈求神灵保佑额济纳大地，庇护生灵平安。他们一步一步退着走，又一次次跪下磕头。他们已退到很远，跪到很远。"只要有机会，我们一定会回来祭祀圣地敖包，祭祀祖先的灵魂。"人们纷纷抓起故土放在胸口，流泪别离。

浩浩荡荡的迁徙大军启行了，走在最前面的是老人、孩子、学生、喇嘛、机关干部、企事业单位的工作人员；左右是几十个搬家小组的组长、检查员，负责队伍的安全行进；接着是驱赶牲畜的牧民、几千辆勒勒车，军方安排牧民的40辆卡车、寺庙用的58辆卡车、机关企事业单位用的57辆卡车；再后面是望不到边的牛群、马群、驴群、骆驼群、骡子群、绵羊群、山羊群；走在最后面的是看守队，他们负责找回搬迁中丢失的牛羊。

各种牲畜都是大畜800头一群，小畜400头一群。为了能顺利到达目的地，这支队伍行进的时间总是选在早晨出发，且大畜只能日行30里，小畜日行20里，然后宿营，待天亮再启程。

当时没有人想到这场艰苦的搬迁会持续10年之久，更没有想到额济纳旗会做出那么大的牺牲。

日出日落，50多年过去了，曾经那场浩大的迁徙已成为如同大漠戈壁一样坚硬的记忆，早已成为一种传递人类前行足迹与家国情怀的象

征，而永远被载入了人类史册。

苏和想起了迁徙中的情景，不禁潸然泪下。

故土难离，迁徙的那天，牧民们尤其是老年人含泪离别家园，亲人四散而去，他们的心灵都受到打击。牛马羊骆驼突然要离开喝清水、吃嫩草的沿河草场，到植被稀少无避风挡雪的戈壁环境，任牧民们哭着喊着赶它们，它们就是不动。等牧民们好不容易把它们赶到新的地方，晚上它们又跑回原来的草场。

迁徙的路上，牧人们一天只吃一顿饭，顶着酷暑，冒着严寒，风餐露宿，赶着畜群一步步前行。新出生的羊羔驼羔无法跟上步伐，他们就用骆驼把它们驮上。在荒无人烟的大戈壁，找水极不容易，只有找到水，他们才会停下宿营。

找到水的时候，先到的牧户羊群还没饮完水，后面牧民的羊群又到了。人还可以等待，但在戈壁上渴极了的羊群和驼群不会等待。再说，一个小小的饮水槽一下子挤满渴极了的几百只羊和上百峰骆驼，就会出现羊压羊、驼挤驼无法饮水的场面，更何况井水有限，不等它们饮完，井里早就没水了，往往出现牧民打开盛水的容器，准备要熬茶时，渴极了的羊群挤压到人身上争抢的情形。戈壁滩水质差，水层深度在 $5\sim8$ 米，矿化度为1克／升$\sim$3克／升，含氟量高达5毫克／升$\sim$10毫克／升，甜水少，苦水多，人畜饮用后极易生病。许多水井是游牧遗弃的水井，往往水井里漂着狐狸、老鼠、野兔等动物的尸体，在万般无奈之下，牧民们只好把动物的尸体捞出来，挖出里面的污泥再饮用。

1958年的隆冬，牧民还来不及修建冬营盘棚圈，加之缺乏草料，牲畜死亡达到三分之一。有不少牧民只能把牲畜尸体垒起来当作羊圈。牧民们因无法运回被军车拉到指定地点的蒙古包、生产生活物资，只能建起简陋的蒙古包，夏天就在红柳滩上搭个毯子当房，冬季就割一些芦苇捆成小捆，再用它围起来抵御风寒。

迁徙的路上，牧民们不时遭遇干旱、暴风雪、沙尘暴、狼灾的袭击，每一次都损失惨重，更可怕的是，可利用草场非常有限，草原严重超载，再加上大雪大旱成灾，羊圈无羊粪垫底，牲畜掉膘、流产，羊群冻死饿死，牛马驼也几乎死光，造成了更加重大的损失。

当时苏和的学校也在不断搬迁，学生们两人骑一头骆驼，往往到新的地方要走上三四天，可到一个地方还不到一年又要搬迁。国民经济困难时期，牧区开始口粮供应，劳动力21斤，非劳动力12斤，学生的粮食定量只有8斤，很多学生吃不饱，加上得病、受冻，他们开始逃学，旗里不得不先解散学校，直到2年后才正式恢复……

额济纳旗政协主席永红在他所著的《三易旗府》中，谈到那次搬迁，满怀深情地说，为了祖国的国防建设，额济纳旗人民舍弃了额济纳河流域160千米流程范围内的17片水草丰美的草场；舍弃了额济纳河流经的21片巨大的胡杨林；舍弃8条河的上游流域以及沿河形成的30多个淡水湖泊；舍弃了13万亩23处茂密林草地；舍弃巴彦宝格德山脉和马鬃山的28条山脉；舍弃了土尔扈特人的精神家园，旗圣地——巴彦宝格德敖包、巴拉吉日敖包和乃斯日敖包以及姜其布那木德灵庙、新建的旗委

政府办公用房、配套的生活服务设施、12米高的水塔、520平方米的礼堂、达来呼布镇至酒泉的公路、查干陶海水库、农场……

在承受巨大经济损失的同时，牧民们还为此付出了生命代价。由于突然搬迁，牧民与蒙古包分离，许多老人和孩子经受不住长期的风餐露宿、长途跋涉劳累而死；在搬迁中远离医院，得病无医无药生病而死，搬迁中喝脏水，断粮断水中毒饥饿而死。

50多年过去了，额济纳"三易旗府"早已成为佳话，一迁，从老西庙到赛罕陶来；二迁，从赛罕陶来到宝日乌拉；三迁，从宝日乌拉到达来呼布。半个世纪以来，在额济纳那片腾飞的沃土上，我国从发射人造地球卫星到发射载人宇宙飞船，再到载人航天空间站建设，经历几代人的艰辛努力，圆了中国的飞天梦。额济纳人民为祖国的国防航天事业做出了巨大的贡献。

也就在牧民们迁徙的同一天，在巴丹吉林沙漠，科研人员和广大的解放军战士开始着手中国人的"两弹一星"梦。由此，一场惊心动魄的举动在中国西北沙漠戈壁展开。

在中华人民共和国成立初期的历史背景之下，着手进行国防建设，对于我们的国家和民族来说，无论是过去、现在还是未来，都是意义重大的。额济纳是光荣的，历史会记住这片土地和这片土地上的人民。然而，在这巨大光荣背后，额济纳儿女付出了沉重的代价。

风鸣沙响，岁月流淌，生命荣枯不已，当所有悲壮的故事化作袅袅云烟，额济纳依旧那般苍茫恢宏，博大悲悯，而历史还在这片大地上悄然演进着。

风逐渐小了，苍天般的额济纳经历暴风之后，大地一片宁静，天空高远、古朴，没有一丝云彩，幽深如井。

汽车驶进基地，没想到163千米的路，竟走了3个多小时。额济纳旗在基地设有办事处，事前已进行了联系，办事处的主任直接把苏和他们领进了会议室，基地的几位首长已经在等他们。苏和对首长们说着抱歉。基地的几位首长却说："刮风，路况又不好，今早听说苏书记要来，我们就一直在等着。快坐，情况我们都知道了！"

苏和顾不得做过多寒暄，他立刻给基地的首长们汇报额济纳河断流的情况，他们支持额济纳旗委立即向有关部门汇报，为解决问题争取时间。基地对此高度重视，他们将尽快向上级汇报这一情况。为了缓解额济纳旗旱情，帮助额济纳旗的农牧业进行生产，基地承诺会认真研究，拿出最佳方案，报基地党委通过，争取在第一时间组织调动部队的车辆、机具、人员进入抗旱的第一线，并从查干陶海水库抽水，把水送到农牧民的牧场和农田。

苏和与同行的旗同志们非常感动，这是真正的雪中送炭啊！苏和激动地握着首长的手说着感谢，基地的首长却说出了国家领导人一再对他们说的话："额济纳旗为祖国航天事业做出了贡献，我们一定要回报……"基地的首长又补充了一句："我们做的还远远不够。"苏和闻听，心中涌动着阵阵暖流。午饭时间到了，部队要留苏和一行吃饭，被

他们婉拒了。苏和笑着说："还用吃吗？得到你们这么大的支持和帮助，这十天半个月都不用再吃饭了！"

34年来，每逢额济纳旗碰到困难，基地的人民解放军必施以援手。他们总会出现在抗白灾、风灾、旱灾第一线，给额济纳人民以帮助。当地人有一句话："额济纳旗的电线杆子比人多，车人比老百姓多。"这句话表达的是额济纳人民心中最真实的情感。

他们急着要赶到阿拉善盟盟府所在地巴彦浩特，从基地到那里还有477千米的车程。

离开基地，越野车向南行进，苏和回想着这些年基地为额济纳谋划出力、慷慨捐赠以及每次发射导弹、卫星，额济纳民兵执行警戒，牧民们分区域值守的画面，无限感慨。在额济纳，军民真的是亲如一家。多年来，额济纳人民和基地官兵同住额济纳热土，同饮额济纳河水，同守祖国的边防线，为祖国的国防科技和航天建设事业，为额济纳旗的社会发展做出了重大贡献。

小司机见苏和的神情舒展了很多，就小声问了一句："苏书记，听说当年志愿军的二十兵团一夜之间从朝鲜消失，让美国的军事情报部门长期处于焦虑之中，是这样吗？"

苏和笑了，一丝光划过他的面颊和发际，明媚闪亮。

小司机问："那后来他们知道吗？"

"那可就远了，他们判断出中国人民解放军二十兵团在中国大西北的某个地方，已是1964年10月16日中国第一颗原子弹爆炸以后才做出的结论。10万大军已在大漠隐身6年，也只有中国才能创造这样的奇迹。"苏和自豪地说道。

小司机："苏书记，您给从头讲讲呗！"

"好，我给你从头讲，那段历史也应该告诉年轻人了。"

苏和讲起了那段波澜壮阔的岁月。

志愿军从朝鲜返回前，已对部队的官兵进行了严格的政审。列车西行，所有人都不知道列车的目的地，所经车站站台都用草帘子遮住了。官兵们只能根据太阳光的变化，猜测列车在行驶。目的地终于到了，是一望无际的沙漠。二十兵团的任务是在沙漠上修铁路、机场，至于为什么，不知道，也不让问。直到2年后，他们才知道，在一个叫额济纳旗的地方，他们建设了中国首个导弹发射场。

与此同时，上级部门还告诫《解放军报》对额济纳旗进行的报道一定要把住保密关，什么"工程""基地"之类的报道一定要卡住，绝对不能发表。

而额济纳旗的人民群众也从不打听与靶场建设有关的所有信息，从不违规进入禁区，从不对外讲禁区事宜，甘当无名英雄，并且，也不与外界联系，即使是亲朋挚友，也不会透露什么。

"泄密就是犯罪，卖密就是叛国"，这是镌刻在航天城最大的红旗蓝箭商场门口两侧的标语，从20世纪60年代一直保存至今。

当年，10万官兵用2000多台车辆、200多台类施工机械在戈壁大漠展开了建设，露天宿营，直到入冬前才建起了半地下的地窝子。指战员

们天当房，地当床，野菜充饥强国防，喊出了气壮山河的口号："死在戈壁滩，埋在青山头！"他们每天除了保证进度，保证质量建设200千米的铁路专用线、2座飞机场、导弹靶场等，还要夜以继日地建立指挥机关，修建技术阵地的测试场房和发射阵地的各类设施等。基地的建设者怀着为国争光、为民族争气的爱国图强之心，以苦为荣，团结协作，斗酷暑，战严寒，在极其艰苦的条件下，用2年4个月的时间，完成外国专家断言10年才能完成的尖端工程。创造出"特别能吃苦、特别能战斗、特别能公关、特别能奉献"的载人航天精神，圆了中国人的飞天梦。

星罗棋布的点号、发射阵地、技术区、发电厂、飞机场、铁路、公路、医院、礼堂、通信设施以及部队生活区，整个工程千座建筑，付出的代价是38人致残，303人牺牲。

人类每前进一步，每一次胜利，都势必付出代价。有人说，军人历来就是与牺牲紧密联系在一起的，只要这个世界上还有国家存在，这种状态就永远不会消失。因为服从命令，为国家牺牲，永远是军人的天职和至高无上的荣誉。

2017年10月，笔者怀着朝圣的心情走进东风航天城烈士陵园。园内松柏苍绿，肃穆庄严，604名烈士安息在这里，静静地守望着这座由他们和更多人筑起的东风航天城。或许他们还不知道，在额济纳大地上发生的这一切，是额济纳的骄傲也是中国的光荣，如今，这里早已是震撼世界的地方，中国国防科技正在日新月异向前发展，并成为使中国变得更为强大的坚挺脊梁。

　　基地建好了，进入科研阶段。基地的生活仍异常困难，加之地处戈壁大漠，没有社会依托，柴米油盐这些最基本的生活必需品都无法保

◆防御工事——人工山

障。基地的科研人员就用从内地带回的鸡蛋孵化小鸡，再养大，靠着为数不多的鸡蛋来补充因饥饿造成的营养不良。为了解决广大官兵的困难，1960年初，部队从河南、山东等地招收了大量有一技之长的农民前往基地。他们中有做酱油、酿醋、做粉条、磨豆腐、掌鞋、修车、养牛养猪、种菜等各行各业的师傅。这些人严格遵守着"上不告父母、下不告妻儿"的规定，远赴大漠。至今他们的第二代、第三代还生活在这里，与解放军一起默默坚守在戈壁大漠。

额济纳，曾经是一个犹如世界尽头般的孤寂和荒凉之地，在这里，无数人用青春、热血，甚至于生命挺起了中国的国防科研和航天事业。在这里，东风不仅仅是一个地名，更是一种精神的象征……

1960年9月10日，中国第一枚地地导弹飞行试验成功。

1960年11月5日，中国第一枚国产地地导弹发射成功。

1966年10月27日，中国第一枚两弹结合发射成功。

1970年4月24日，中国的第一颗人造卫星发射成功。

…………

小司机的眼圈红了，那段斑斓的岁月深深地震撼了他。

苏和停止了讲述，但他的心中仍激动不已。历史正是由无数人前赴后继、砥砺前行，才走到今天的。

一个英明的决策，一场在大漠深处上演的震撼人心的苦难与辉煌，为额济纳注入无法估量的资源、智慧和历史，留下了一曲惊天动地的浩歌。

苏和向车外望去，古老残破的烽燧和遮虏障赫然出现在眼前。它曾西起玉门关，东至居延海，是抵御匈奴南侵的戈壁长城。车子前行约2千米后，大漠里又出现了2个巨大的堡垒，这是汉朝设立的肩水都尉府和肩水金关。

苏和突然想起1935年的中瑞西北科考队，贝格曼正是在这里发现了居延汉简，引起世界的轰动。

那一天，刚刚在复苏的古河库姆河的支流"小河"流域，考察了一系列楼兰王国时期的墓地，在著名而神秘的"小河"5号墓地（奥尔得克古墓群）出土了楼兰公主木乃伊以及3000岁的楼兰人后，贝格曼来到肩水都尉府和肩水金关。无意中，他的钢笔落下，立刻被钢笔旁的一支竹简吸引。于是，他小心翼翼地挖掘，又发现一个巨大的鼠洞。贝格曼在《考古探险手记》写道，这些老鼠洞非常有趣，里面有稻草、丝绸碎片、碎绳子和削下来的碎木头。很明显，不必保存写了字的木简时，先人就用简便方法把有字的表面削掉再重新写字。老鼠把这些削下来的碎块拖回洞里，成了一个小小的"图书馆"。而洞旁边，总有一小堆变黑的小米。

贝格曼没有放过这个已经繁衍了几十代老鼠的小小洞穴。汉代戍卒在居延海的边防烽燧上燃起第一堆烽火时，这个洞穴就有老鼠出没，直到汉代要塞成为弃置千年的废墟，老鼠洞又成了今人返回过去岁月的

額済納河畔

"时间隧道"。2000年的光阴在人间逝去，绿洲变成荒漠，要塞改名叫作遗址，有谁能想到这个不起眼的老鼠洞竟成为储存历史线索的"博物馆"。居延烽燧挖掘出的木简数量之多，也许只有"汲冢遗书"可以比肩。

汽车向巴彦浩特疾驰而去……

◆居延烽燧

第六章　为生态建设奔走

巴彦浩特，原名定远营，是内蒙古自治区阿拉善盟的政治、经济、文化中心，也是阿拉善左旗政府驻地。清康熙七年（1668年）划设阿拉善额鲁特旗时建，乾隆二十五年（1760年）仿照北京故宫格式重修王爷府，故有"小北京"之誉。发源于贺兰山的三条溪流穿镇而过，溪水清澈，晶莹如带。海拔3656米的贺兰山主峰，终年积雪，放眼可见，金碧辉煌的王爷府坐落于富庶的城镇中间，承压水的山泉喷出地面，犹如串串葡萄。

苏和一行人赶到巴彦浩特已是晚上的9点多，汽车直接开到盟政府楼前。苏和他们一下车，金盟长的秘书已经迎了上来。他说金盟长还在处理一些事情，马上就下来。他让苏和先去职工餐厅，过会儿，金盟长要在那里和他们边吃边谈。

前天，从东居延海返回额济纳，苏和立刻给金盟长打了电话，汇报了额济纳河的断流情况。情况紧急，金盟长当即决定让苏和尽快赶到盟里，商议解决额济纳河断流之事。

在职工餐厅等了约一刻钟的工夫，金盟长匆匆走了进来，大家都站了起来。

"坐下，都坐下，怎么还不动筷，你们不饿啊？赶紧吃饭，吃饱之前，你们几个不准谈工作上的事，尤其是你苏书记！"金盟长下了命令。

望着从额济纳匆匆赶来的几个人——他们每人都是一脸的灰尘，苏和的眼里还布满了血丝——金盟长的心里很不是滋味。他能想到此刻的额济纳是个什么样子，他们着急，他也着急。

吃过饭，苏和立刻向金盟长汇报。金盟长认真地听着，仔细询问着每一个细节。

苏和汇报完，金盟长半天无语，整个房间鸦雀无声。

"金盟长，盟里什么时候开会研究？"苏和迫不及待地问道。

"不开了。"金盟长对大家说。

"啊？！"苏和站了起来。

"你们到之前，我们已经研究过，为争取时间，明早直接去北京，与自治区水利厅的同志汇合。"金盟长示意苏和坐下。

苏和重又坐下。

"今晚，你们回招待所好好睡上一觉。走吧，都回去休息。"金盟长催着大家。

苏和带着额济纳的几个同志向外走去，没走几步，他突然停了下来，转身深深地鞠了一躬，然后迅速向招待所走去。

那天，金盟长接完苏和的电话，得知额济纳河断流，同样心急如焚。思忖片刻，金盟长拨通了自治区的电话。自治区非常重视，马上向上级部门做了汇报。就在苏和他们来巴彦浩特的路上，阿拉善盟政府已接到去北京开会的通知。

回到招待所，苏和怎么都睡不着。额济纳河断流，盟里重视，自治区出面，想必一定会妥善解决的。

几天来，苏和焦躁不安的心，终于踏实了不少。

苏和睡着了。梦中，他又回到额济纳。夏夜，星月闪烁，蛙声一片，浩渺无边的居延海静水深流，缓慢无波。他站在洪格尔吉山下居延海河畔的昆都仑草原上。居延海太宽、太辽远了，他想看看海那边的世界，可他没有船也没有坐骑，他望不见海那边。就在他惆怅之时，海面上突然响起了马头琴和清澈的歌声：

昆都仑的云青马啊，
真是匹神奇的骏马。
千里迢迢路遥远啊，
转眼之间我就到了。
傍晚归巢的百鸟啊，
莫夸你翅膀的神速。

当你在巢边啼鸣时，

叫声未落我就到了。

…………

　　静静的海面泛起阵阵涟漪。一声儿马的嘶鸣划破夜空，骒马闻声呼应，借着月光，苏和看到蔚蓝色的马群从居延海里腾跃而出，为首的那匹儿马浑身闪耀着湛蓝湛蓝的光芒。它们在茂密的草滩奔跑，嘶鸣着奔腾而来。一会儿工夫，骒马群消失在了无边无垠的海面，只有那匹蓝色的儿马走到苏和的身边。转眼间，儿马已带着他飞越居延大泽，飞翔在

◆居延大泽

辽远的天空上，飞到一个有破损的城墙、城垣、辉煌舍利塔的地方。

在梦境之中，在汪洋之上，苏和完成了一夜的居延之旅。

这是这些天，苏和睡得最踏实的一晚。

这也许就是宿命，那晚的梦幻，那最后的居留之所，若干年后，成了苏和的去向。西风烈，他站在沙海之上，营造绿洲、凭吊古往、感知历史、守候文明。见到苏和，你会发现他有着我们平素很少见到的一种神情，那是一种对生命深刻理解并深沉热爱的神情，一种对这片土地怀着感动和感恩，对生活充满勇气、向往和坚韧的神情。

清晨，苏和一行与金盟长及盟水利处的负责人、专家登上了飞往北京的飞机。3个小时后，他们到达与内蒙古自治区水利厅副厅长乌云一行约好的见面地点——北京国务院第二招待所。乌云副厅长是资深的水利专家，在他的职业生涯里，他已为水量日渐减少的额济纳河奔走了几十年。

乌云副厅长迎着苏和跑了过去，两人深情拥抱。他们早已是老相识。从70年代一直到见面这一刻，二十几年过去，两人都在为额济纳河上游和中游处处截流，导致额济纳河年复一年断流，生态环境日益恶化而奔走呼告，是额济纳河将他们的生命与事业牢牢地拴在了一起并结下了深厚的友谊。他们曾自嘲是"同病相怜"。

金盟长走过来与乌云副厅长握手，两人同样很激动。

苏和他们到达北京的第二天，黑河流域水资源工作会议就在国务院

第二招待所会议室召开。参加会议的主要是青海、甘肃、内蒙古自治区政府的相关领导、水利专家和部门负责人，由于争执由来已久，大会也就直奔主题。国务院对黑河流域出现的乱砍滥伐、野蛮开采、堵水截流等种种行径进行了严肃的批评，并责令三省区限期整改，不得以任何理由推诿搪塞。三省区都做了深刻的检讨，表示在会后立刻展开行动，黑河上中游的两个省区也答应会在规定的期限内放下水来。

谁也没想到，事情进展得会如此顺利，苏和心里悬着的一块儿石头终于落了地，他感觉到了一种从未有过的轻松。散会回到招待所，几个大男人竟激动得相拥而泣。额济纳有救了，是啊，几十年聚集在额济纳人头顶的愁云突然消散，他们怎么能不激动。就在这万分激动的时刻，苏和猛地想起了一件大事，他们一行马上与金盟长碰头交换意见，最后把自治区领导请到小会议室。会议由金盟长主持会议，苏和将不久前北京召开的民族工作会议和中央关于加快民族地区发展的指示精神，以及旗委政府对额济纳未来发展的一些思路和想法进行了汇报。自治区的领导自然知道北京民族工作会议的情况，并且早已深刻领会了中央关于加快民族地区发展的指示精神。苏和他们之所以进行专题汇报，是要抓住难得的机会引起自治区的重视，以便为额济纳下一步的发展获得各方面的支持打下坚实基础。

自治区方面高度赞扬了额济纳旗一心求发展、奋力促改革的积极进取精神，同时提醒额济纳的发展要着眼于未来，保护环境和资源，在规划时要加大对环保的重视，将环评不合格的项目坚决排除在外。对于苏和他们的思路和想法，自治区方面进行了完善补充，并叮嘱他们回去后迅速拿出方案，呈报阿拉善盟和自治区的主管部门。会议的最后，自治区方面发言人满怀深情地回顾了额济纳旗为共和国的国防事业做出的贡献，肯定了在面对额济纳河断流、草场退化、荒漠化面积不断扩大的情况下，额济纳人始终以大局为重，宽容、隐忍、沉默坚守的做法和精神品格。参加会议的所有人都被这席话深深打动，每个人都深受鼓舞并且自豪，他们自豪与这片土地血脉相连，自豪国家给了自己家乡为国家效力的机会，还有什么比为祖国做出奉献和牺牲更能让人豪迈的呢！采访时，苏和曾经多次说起过，那时，那么多军人和科学家奔赴戈壁大漠以身许国，额济纳一定不会无动于衷，他说三迁旗府是国家的重大决策，也是当地百姓的自愿选择。

苏和一行没有耽搁，很快回到额济纳旗。在召开的全旗党员干部职工大会上，他传达了国家水利工作会议的决定和自治区关于加快额济纳旗改革发展的指示精神，广大干部职工都心怀感恩，倍感振奋。

水的问题就要彻底解决了，额济纳人没有了后顾之忧，加快民族地区经济发展的战鼓已经敲响，达来呼布镇这座边境小城，在改革开放的实践中，春风又起。

不久，经过严谨的论证和研讨，额济纳旗确立了"生态立旗、国防建旗、口岸兴旗、工业强旗"的经济发展方向和"南依、北开、西联、东靠"，立足资源优势，开发8个经济小区的经济发展战略。南依，即依托国防科工委基地的空陆交通、科技人才、领先信息优势；北开，指

◆策克口岸

放开增强同蒙古国的多渠道贸易；西联，是与酒泉、嘉峪关等地联办企业；东靠，是要靠上级在人才、资金方面给予的优惠和支持。8个开发区分别是策克口岸对外经济贸易区、西戈壁到马鬃山地下资源开发区、达来呼布镇综合工业加工区、建国营火车站矿产加工区、两湖（古日乃湖、温图高勒）一山（马鬃山）养驼区、额济纳河上游良种山羊发展区、梭梭林封育苁蓉开发区、东河下游种植区。

苏和为额济纳旗终于搭上改革开放的快车而兴奋不已，他的干劲更足了，整日跑进跑出，为报批开发区项目落地、开发区筹建等忙得脚不沾地。苏和是一位极具开拓与创新意识的基层党员干部，改革开放令他的思路更加明晰起来。

额济纳旗地处内蒙古自治区最西端，20世纪六七十年代，这里交通极为不便，所有的物资运输全靠一条通往甘肃省酒泉市的400多千米的土路。当时运输一趟最少也需要一两天的时间，很多急需的煤炭、木材、水泥等生活物资无法及时运到，成为阻碍当地生产生活发展的重要瓶颈。

到了20世纪80年代，时任额济纳旗旗长的苏和多方调研，大胆提出利用东风基地现有转运铁路线的优势，修建61千米运输铁路线的建议，并很快得到上级部门和基地的认同。经过多方共同努力，最后修建了从十号基地到赛罕陶来苏木建国营的铁路线，将过去400多千米的土路运输缩短到50千米的公路运输，大大降低了运输成本，减少了运输时间，也为当地煤炭、铁矿石资源的外运开辟了新的通道，为地方经济的发展奠定了良好的基础。

招商引资开始，各地的投资商来了，打工者也从很远的四川、贵州、青海等地来到这里，一下子来了这么多人，生活在额济纳河畔的人既激动又好奇。他们先是羞涩地看着，继而是接近，不久就拿出蒙古人待客的热情，按照蒙古民族的礼仪把来客接到家里。他们说："谁又能背着房子走呢？这里就是你们的家。"这让投资商和打工者都非常感动，他们很快就爱上了这里的淳朴民风。直到今天，额济纳人依然周到、单纯、善良、热情，保留着蒙古民族的仪式感，还有广袤的西部大地赋予的豪侠之气。额济纳是一块充满温情的大地，额济纳也是世界蒙

古民族传统礼仪保存最为完整的地区之一。

许多投资意向很快就定了下来，筹建中的8个开发区急需劳动力，打工者们也忙碌起来。他们刚忙完这里，又被请到那里。

达来呼布镇因为改革开放发生着变化，街上的商店、理发店、书店等多了起来，流行歌曲也在中国苍茫的西部大地唱响：

　　　　轻轻地捧起你的脸，

　　　　为你把眼泪擦干。

　　　　这颗心永远属于你，

　　　　告诉我不再孤单。

　　　　深深地凝望你的眼，

　　　　不需要更多的语言。

　　　　紧紧地握住你的手，

　　　　这温暖依旧未改变。

　　　　我们同欢乐，

　　　　我们同忍受。

　　　　我们怀着同样的期待，

　　　　我们共风雨。

　　　　我们共追求，

　　　　我们珍存同一样的爱，

　　　　…………

额济纳封闭许久的心灵被打开，人们沉浸在一种从未有过的激情里。

◆宽阔、漫漶的弱水河畔

时间已进入6月，大地已返青，额济纳有了些许春色。

然而，额济纳河依然没有来水，苏和心里越来越着急，他几次拿起电话想询问，又抑制住了焦躁和冲动。他想再等等，给他们一点儿时间，放水毕竟涉及方方面面的利益。可是，时令不等人，气温不等人，气温正一天天升高，空气也一天比一天干燥起来，地表温度已高达40多度，并且还在一天天上升。人们在灼热中煎熬，那些外地来的投资商和打工者也打起了退堂鼓。苏和再也不能等了，他给国家水利部打电话，

得到的答复是上中游早已经放水，而且最后一道闸门还是在水利部和农业部组成的小组的监督下打开的。闻听此言，苏和立即驱车赶往甘肃省鼎新县的天仓乡沙门子村，那里是额济纳河进入内蒙古自治区的起点。

吉普车疯狂跑了几个小时，到地方了，他望着前面的额济纳河欲哭无泪。水是从上中游放了下来，涓涓细流沿着河道曲折向前，还没流出多远，细弱的水流就湮灭在散漫宽广的河床沙地里。

"怎么办？怎么办？"苏和大声地疾呼。

焦急、愤怒、无措、绝望，诸种情绪齐上心头，他的情绪再一次失控，近乎崩溃。他沿着河道疾走，脚步凌乱，司机只能开着车跟在后面。

他走过一片瓜田，只见西瓜、甜瓜、香瓜已结出鸡蛋大的果实。由于这里日照时间长、昼夜温差大，又多是沙地，因此，这里成了香甜的西瓜、甜瓜、香瓜的主产地。每到夏天，各地客商都会争相来采购。可眼下，瓜才刚长出来，藤蔓已经开始枯萎。

他又走进一片草地和胡杨林，由于没有水的及时补充，持续高温下，靠近戈壁边缘柔嫩的绿草和树叶开始僵硬变干。若继续干旱下去，枯萎的面积必将以摧枯拉朽之势迅速蔓延。

在额济纳，每年胡杨林、梭梭等各种植物的卸叶量有2000多万公斤，牧民们亲切地把它们称作"空中牧场"，这些叶子能养活成千上万的骆驼和牛羊。往年如果牧草不够，还能用胡杨、梭梭、沙枣的嫩叶维持，可现在它们都快枯死了，那牲畜靠什么活下去？

苏和真的绝望了，他想不出还能有什么办法来拯救额济纳。看来，那位副书记的话并没有错，剩下的只有一条路——迁徙。

　　他像游魂一样跌跌撞撞走进了戈壁滩，他已经麻木了，他不愿意再看下去了，反正都一样，都会死去，他什么也做不了。就如海德格尔说的那样，他发现自己的生存在这个宇宙中并无什么充足的根据。

　　茫然地走在戈壁上，苏和的脑子、心都被掏空了似的。一种深深的孤独与绝望将苏和推向了崩溃的边缘。猛然间，一头骆驼出现在眼前，他看到了一头骆驼，确切地说，是一头死在戈壁滩的骆驼，骆驼四肢平伸，它的头直触到驼峰，仰望着苍天，一幅雄浑悲壮。

◆额济纳的戈壁大漠里，三三两两的骆驼，时不时地会出现在人们的视野里

这种司空见惯的死亡姿态在这一刻震撼了苏和，某种令人血热的东西直扑胸腔，苏和向骆驼投去了敬畏的目光。

这个身躯高大，充满灵性的沙漠生灵，它的故乡在北美洲，数百万年前，渡过白令海峡，一路迁徙进入欧亚大陆并被驯化，成为人类在沙漠生活的忠实伙伴。它们的一生只知道默默负重，行进在沙漠的风霜雨雪里，无论遭遇怎样的艰难困苦从不低头，就连死都表现得如此雍容高贵，它是不屈生命在令人难以想象的荒原上顽强苦斗的绝好写照。

三只秃鹰一直在骆驼的头顶盘旋，又不敢接近它，骆驼仰望天空的双眼，让它们望而却步了。苏和捡起戈壁滩上的石头，狠狠地秃鹰丢去，秃鹰带着锐利的啸声，箭矢一样消失在戈壁深处。

苏和要返回旗里，尽快拿出解决方案，去找水，尽快找到水，制止旱情进一步蔓延。苏和想起了在他去汇报前已布置过对全旗的水文地质进行全面勘探，现在应该有结果了。那么结果又会是什么？地下水会不会也接近枯竭了？他得立刻赶回旗里，他急切地想知道勘探的结果。

旗委政府已乱成一团，不断有牧场、农场、矿山以及正在筹建的开发区打来电话，老百姓也是人心惶惶，大家都在议论额济纳是不是又得迁徙了。

这么热的天，受灾面积如此之广，靠调水显然已无济于事。

旗委会议室，内蒙古自治区水文地质队正在向苏和及旗委政府的相关负责人汇报勘测结果："位于额济纳河流域下游额济纳盆地东南部的巴丹吉林沙漠，由于降水蒸发甚微，降水多形成地下水对额济纳盆地进行补给。补给水量经测算为1.291亿立方米。额济纳河流域地下水资源量为34.89亿立方米，按流域分区，东部子水系为23.366亿立方米，中部子水系为3.29亿立方米，西部子水系为8.239亿立方米……"

会议室里异常沉闷，听报告的每一个人或焦急或绝望。在他们的印象中，额济纳一直被干旱缺水所困，就是勘测出有水，也不会发生奇迹。可是听着水文地质队专家不断深入介绍，他们渐渐振作起来，最后，当勘测队的工程师念出数字，他们的心激动得怦怦直跳个不停。

"有水？有水了！额济纳的地下水储量丰富，我们可以打井救灾了！"会议室开始沸腾起来。

"刘工，那黑城地区有水吗？"苏和迫切地问道。

"有啊，当然有。黑城地区属于东部子水系，储水量为23.366亿立方米……"工程师回答道。

"那就好！你们听到了吗？"苏和激动地站起来，其他人也都站了起来。

苏和之所以这样问，工程师的回答又为何让他和听报告的每一个人都这么激动？是因为在人们的印象中，黑城地区是最干旱的地区，是生命的禁区，是死亡之地。可眼下，他们却听到黑城有水，他们可以在全旗范围打井救灾了。第一口井在哪里打，至关重要。他们需要在最干旱的地区打出水来，以安定乱了的人心。

那么，很多植物就能活过来，就都有希望了。比如，胡杨、梭梭、沙枣，这些植物有发达的根系，耐旱的本领。它们将根深植于地下几米

甚至十几米、几十米。即便是短时间地表没有一滴水，它们也能用庞大的根系维持生命。即便旱上两三年，它们死了，只要地表有水，它们极有可能会从根部发出新枝，再次活过来。

想到这些植物能活过来，想到水能再次滋养天边绿洲额济纳，大家按捺不住兴奋。

黑城若能出水，额济纳就有救了。

黑城，曾经是额济纳河畔一颗璀璨的明珠。公元1038年，党项族建立了西夏国，在这里设立了威福军司，建起了黑城。当年，这座城池既是西夏屯兵的重镇，又是六条丝绸之路的交汇点，曾经极为繁盛。从近年黑城考古发现的陶瓷、经卷、佛像，用党项文书写的羊皮书，受中原印刷术影响印刷的典籍文书来看，党项人在这一地区曾掀起中华文明的新高潮。到今天为止，有关西夏地下资源资料的发现，论数量、价值和规模，首推黑城，西夏地下文物百分之九十出自黑城。由于黑城文献的发现和研究，已经使得西夏成为世界汉学的重要组成部分，也揭开了西夏文明神秘的一角。历史已证明，西夏是黑城的黄金时代。

1372年，明朝征西将军冯胜开始攻打黑城，由于城池坚固、粮食充裕、水源充足、守城的将军和士兵又抱着必死的决心，冯胜久攻黑城不下，在流经黑城的额济纳河上游河段堆沙成坝，切断了黑城的水源，迫使守城的哈喇巴图将军凿破黑城的西北城墙突围而去。攻陷黑城的冯胜进入城内，发现参天的大树已经枯萎，黑城因缺水沦为一座死城，原来的水网就此枯竭，且它的位置又处于黑风口——西伯利亚狂风的覆盖范围，自然条件异常恶劣，于是弃城而去，自此，这里再没有了人类的活动。额济纳人谈黑城色变，在人们的意识里，黑城是一片没有水、没有人烟的死亡之地。

明朝廷被迫放弃了黑城，也放弃了从汉以来归入华夏的这一

◆黑城出土的西夏彩陶泥塑菩萨像

◆黑城出土的西夏文物

地区。此后，黑城在尘封的历史中沉睡了近700年，与著名的楼兰、居延等逝去的古城一样，成为人们脑海中关于沙漠文明的模糊记忆。

20世纪初的一天，俄罗斯探险家科兹洛夫找到遗弃在大漠深处，隐匿在茂密胡杨和梭梭林里的黑城，然后进行疯狂盗掘，致使中华文明瑰

◆哈喇巴图将军凿开的城墙西北的缺口

宝流失海外，损失惨重。

因为冯胜，这座元代仍旧繁华的城市成了废墟，又因斯文·赫定、斯坦因、科兹洛夫等人的发现、盗窃和挖掘，而成了古丝绸之路考古乃至研究秦汉文化、西夏文化的重镇。黑城是20世纪世界地理文明遗迹的重大发现之一。

苏和深知额济纳人民刚经历了河水断流，旗委政府多方呼吁，最后却无疾而终的艰难过程。人们的心是惶恐的，即使勘测队经勘测探明额济纳有丰富的地下水资源，他们依旧不安并质疑。

蒙古族有句谚语，蒙古人的眼睛是长在手指头肚上的。你光说没有用，必须让他看得见、摸得着才行。额济纳要展开声势浩大的打井植树造林活动，重振人们的信心，选择第一口井的位置至关重要。

旗委当机立断，在黑城打井。

去黑城打井刻不容缓，旗里联系打井队不仅需要时间，更需要懂打井技术的人，苏和想起了一个人。

夜幕下，苏和来到苏泊淖尔公社的一个大队，这里离他曾经生活过的伊布图生产队不远。在公社书记的带领下，他走进一座自建的土坯房，房屋并不算大，但里面井井有条，墙上挂着装满照片的镜框，擦得锃亮的柜子上放着一台老式的东方红牌收音机，灶台前，有一台取代风箱的小型马达。

这是牧民巴图孟克的家。此刻，他们一家三口都坐在炕上收听收音机里正在播放的评书，苏和与公社书记的突然造访，令巴图孟克和他的

妻子紧张得手足无措。他们的儿子不知道发生了什么事，瞪大了黑黑的眼睛。

苏和说明了来意。巴图孟克没想到苏和还记得他会打井这件事，而且这么晚了还亲自登门。

"一切听苏书记安排！"巴图孟克当即答应。

苏和松了一口气。

黎明到来的时候，风停了。额济纳的百姓开始向黑城地区聚集，向黑城聚集的还有调运梭梭树苗和来参加义务植树的广大干部职工。这是旗委的最新决定，从这一天开始，每打一口井，同时就要义务植树，他们要把树木种满这古老荒凉的大地，让这片大地重新焕发勃勃生机，绿树盎然，莺飞草长……

太阳跃上了黑城的城头，古老的城池旷古、宁静。苏和走到城墙的最高处，放眼遥望，城内寂寥枯深，空寞无边，城墙西北角上一座高约13米的覆钵式塔沐浴在太阳的金辉中，独向苍穹，凸显着阳关古道特有的孤绝与苍莽。他的心里熟记着关于这座古城的很多记述。这是一座耸立在金色沙海中暗红色高大的古城，长方形的城池掩映在沙海中，幻美卓绝。城池东西长434米，南北宽384米，城墙最高处达10米。城内官署、府第、仓敖、佛寺、民居和街道的遗迹依稀可辨。东西两面开设城门，并加筑有瓮城。黑城，这座对东西贸易和文化有着贡献的古城，早已失去了当年的风采，由于风沙的侵蚀，与外国探险家在这里发掘的年代相比，早已面目全非。将来有一天，也许它今天的模样也会消失，最终，黑城只能成为印在戈壁风沙上的一种记忆。想到这，苏和黯然神伤，掩饰着难过走下了城墙。

根据勘测队选好的位置，马上开始打井。

望着巴图孟克和几个临时雇来的工人，苏和手心出汗了。

"请庇佑额济纳的百姓吧！"苏和对着神树的方向默念着。

柴油发电机隆隆响起，钻机开始轰鸣，钻杆钻进了大地，不断向下延伸，一米、二米、六米、七米、十米……

所有的人都紧盯着钻杆，空气凝固了一般。

时间飞逝，一个小时过去了、两个小时过去了，已经到中午，没有见水。

隆隆的轰鸣持续回响，钻杆不断向地下更深处伸去。

一眨眼，5个小时又过去了。

黄昏渐近，起风了。钻机和柴油机的轰鸣化作了风中的呜咽声，残破、悲怆萦绕着这座颓废的古城。

天迅速凉了下来。

苏和让工作人员劝前来等水的百姓回去，但没有人愿意离去。

打井队连续工作了10个小时，钻井机在戈壁滩的胶泥砂石地下艰难地钻探着。人们的情绪愈来愈紧张了。

昏黄的落日渐渐西沉，在最后一抹光亮落下之前，大地突然发出了一阵噗噗的声响，一股强劲的水柱喷射而出。

◆ 舍利塔

"出水了，出水了……"巴图孟克浑身湿淋淋地喊道。

人们先是一愣，继而跑到水柱前，沐浴在混浊的井水中，阵阵欢呼点燃了整个黑城地区。

望着激动欢呼的百姓，苏和的脸上有了笑容。他走到装着梭梭树苗的车前，拿起锹镐向黑城外的戈壁滩走去，干部职工、百姓也一拥而上，拿锹镐、提水桶、搬树苗，黑城外掀起了一场声势浩大的植树造林的义务劳动。

他们忘记了黑夜与白天。

从这一天起，打井，植树造林，在额济纳的大地上轰轰烈烈地展开了。他们不停地打井，不停地植树造林，一直忙碌到寒风又起的冬天。

◆大漠胡杨

第七章　情系家乡

时间已进入1993年，就在额济纳开启新的一年工作的时候，苏和接到去盟里任副盟长的通知。

接到通知的那一刻，他有些不知所措。额济纳旗的招商引资、开发区建设、农牧区打井、植树造林等工作才刚刚起步，他怎么能走呢？他立刻给金盟长打电话，表明仍想留在额济纳旗的意愿。

"苏和，你少给我找理由，立刻交接工作，到盟里报到。"金盟长命令道。

他又打电话给盟委组织部，得到的答复也是一样。

"现在，额济纳旗正是需要我的时候……"苏和下了决心，给盟委书记拨通了电话。

"苏和同志，额济纳的事可以交给别人。赶紧来报到，这里有更重要的工作在等着你呢！"盟委书记打断他的话。

苏和还想陈述走不开的理由，电话那头已传来挂断的忙音。

20世纪80年代初，苏和已连任几届额济纳旗旗长，接着，又任旗委书记。按一般惯例，他应该进行交换或者离开额济纳旗被安排到其他的领导岗位，组织部和盟委进行过多次研究，可始终没有找到比他更适合额济纳旗的人选。

额济纳是边境旗，位于额济纳境内的策克口岸是中国第四大陆路口岸，是内蒙古向北开放的桥头堡。策克口岸与蒙古国一界之隔，为推动中蒙两国经济贸易的发展，国家和地区都需要能与蒙古国进行良好沟通，对当地的情况非常熟悉，并具有处置突发事件能力的地方领导。苏和蒙汉语兼通，代表国家和地区与蒙古国进行了多年的贸易往来，对蒙古国的资源、物产及需要从中国进口的紧缺商品、货物种类都了如指掌。同时他对两国的边境安全、牛羊越界、民族关系等问题的处理也是富有经验。此外，额济纳要发展地方经济，也离不开对当地牧民、国防

◆策克中蒙边民互贸市场

科工委基地以及邻近省的县市有一定了解和熟知情况的地方领导，而苏和正是这样的领导干部人选。

正因为如此，这才有了苏和在额济纳一干就是20多年的职业生涯。

在苏和担任旗长和旗委书记期间，他曾经多次向上级请求去异地的岗位工作。那是改革开放初期，国家日新月异，新事物层出不穷，他想去其他地方的岗位学习锻炼。但他的请求均未获批，上级领导几次给他做工作，让他坚持在额济纳旗工作。1986年，额济纳河突然断流，他多方奔走，最后还是只争取到季节性放水。从那一刻起，他就决心一辈子留在额济纳，解决水资源的配给，修复生态，与家乡的人们一起迎接有水、有绿色的未来。

一直以来，在苏和心里头，他想营造的和细心呵护的就是那片消失已久的居延绿洲。

水，能给额济纳带来生机，是这片大地的魂，是祈愿的经幡，是这片大地的福祉。时至今日，只要你到过那里，你依然会有那样的切肤之感。特殊的地形地貌，边陲的理位置，还有不一样的关于水的历史，曾经汪洋恣肆的大泽、居延如梦一样随时光蹁跹而去。曾经拥有却风云消散，那种痛，只有额济纳人能够体会。

"水存在我们就存在，水支撑并运载着我们的一切。"今天，额济纳人依然这么说。

水命的额济纳人，就连梦里也是涓涓流水，长河浩荡。苏和的梦，更是如此，水是这片沙漠绿洲的源点。在沙漠，在苍天般的额济纳，一

个人、一头骆驼，甚至一丛红柳、一株芨芨草，抑或一棵柳科植物胡杨都是独特而富有灵性的。这些独特的、充满灵性的物种和人一样，它们都有家园。所有经意和不经意的变迁都是徒劳的，每个物种都有它动摇不了的故乡，根深蒂固，挪不动，长在灵魂里。因此，这里的人、草木、牛羊，即便艰难，即便挣扎，即便向死而生，依然顽强地生根、成长，日复一日，年复一年，然后长成胡杨的姿态，生成梭梭的坚韧，活成这片大地的性格，这就是额济纳，是水让它们变得坚强，塑造了它们的模样。

当中国进入新世纪的最后十年，当额济纳旗终于等到加快民族地区经济发展的重要时刻，古老的额济纳却因河水断流而奄奄一息，干旱面积迅速扩大，从春刮到冬的沙尘暴幕天席地将额济纳紧紧包围，额济纳人陷入集体的忧伤和迷茫之中。

多方呼吁，水还是没有来。黑城却打井出水了，这激起旗委政府领导班子和人民群众抗灾自救的斗志，一时间，全旗掀起了打井、封闭沙丘、植树造林的高潮。额济纳人坚定了信心要沿着这条路走下去。有了水，额济纳就有了希望。

黑城打井出水，百姓欢腾，额济纳又迸发出冲天的气概豪情，生存下去和建设家乡的热情又被点燃。

遭际过困苦与艰辛，苏和的精力依然充沛，他富有激情、富有梦想。无数个夜晚，站在空旷的戈壁上，凝望着大野如磐，宁静苍茫，他都是激情满满。额济纳是阿拉善盟最大的一个旗，人口少地域广，植被稀疏，风沙肆虐，这里的人们如胡杨一样，坚守和生存的样子，令他痛、热爱和自豪。他爱这片土地和这片土地上的人们。他盼望着能够带领百姓打出更多的井、植更多的树，抓住改革开放的发展机遇，凭借额济纳旗边境口岸、民族地区、国防科研基地的优势，早日脱离贫困，走向富裕。他太想为这里做点什么了，一直想着。

苏和长期在基层工作，心系百姓，他心里永远装着和放不下的是这里的人民大众。

已从额济纳旗政府退休的民久尔记得，1991年的秋天，他陪苏和到额济纳旗几个苏木调研，沿途见到一户牧民正在拉草库伦围栏。看到牧户家缺人手，苏和二话不说，就组织调研人员帮助牧民拉围栏，致使原计划4天的调研竟然走了近半个月。每到一处，只要看到牧民群众有困难，无论是冬季接羔，还是秋天打草，在不影响正常调研的情况下，苏和总会尽可能地停下来帮助他们。当时额旗党委、政府工作人员都知道，陪苏和下乡总是计划赶不上变化。

旗科委主任娜仁其其格至今仍记得，苏和为了改善牧民的生产生活条件增收致富，引进推广发展起来的沙产业的事情。那是1990年，时任旗长的苏和把她叫到办公室，对她说，额济纳旗有着广阔的草场，过去生长着茂盛的胡杨和梭梭，如果能够发展沙产业，不仅保护了生态，也将成为农牧民增收致富的新途径。他听说阿左旗吉兰泰地区人工种植肉苁蓉试验成功，要她尽快将这项技术引进额济纳，并推广开来，让农牧民受益。

接到任务后，娜仁其其格和林业部门的工作人员匆忙奔赴阿左旗、鄂尔多斯等地学习这项新技术，并且购买回来苁蓉种子。可是，额济纳旗地理条件恶劣，地表温度高，加之干旱，技术人员通过改良种植办法，用了两年的时间才试种成功。听说肉苁蓉的试种获得成功，苏和立刻去看生长情况。当时是4月，河水还没退，车辆一下陷到河道里，没几分钟河水就没过车轮，流进车厢。情急之下，苏和第一个跳进冰冷的河水里，挖石头推车。几位工作人员也赶快下车帮忙，这才把车子推了出来，然后苏和一行就马不停蹄地赶往目的地。

牧民哈达总会从几十里外赶来，他是来告诉苏和他家每年羊羔的成活率。有一次出差，苏和听说内蒙古东部地区采取一种塑料温棚接羔新技术，不仅提高了牲畜接羔成活率，还大大降低了牧民的劳动强度。苏和很快引进并推广了这一新技术。为了推广新技术，苏和带领技术人员深入牧户，调研走访，宣传试点，并将这项技术推广，用科技兴牧，让牧民得到实惠。牧民哈达就是受益者之一。

在额济纳，苏和还有太多的事想去做，还有那么多的构想要去实现，他不想离开，至少不想这么快离开。

而事实上，额济纳也确实需要他，人们不愿意他离去。

可调令已经下来，服从组织安排，这是他作为一名共产党员应具备的最起码的觉悟和应该遵守的纪律。

额济纳新任的旗委书记来了，苏和认真地与他交接了工作，并将20多年来在额济纳工作积累的经验、要点、注意事项等一一说给新来的旗委书记。新任旗委书记是位年轻人，苏和相信眼前这位年轻的党员干部，对他充满信心。苏和衷心希望新书记干出成绩，在他的带领下，额济纳有一个幸福的未来。

苏和去阿拉善盟任副盟长的消息已经传开，旗委大院的门口呼啦一下来了很多人，大家想要把他留下。他们中有农民、有牧民，有干部、有职工，还有从偏远苏木赶来的土尔扈特老乡。他们围着他，拉着他的手不肯松开。

苏和看着他们，心里既安慰又不舍，他与他们握手告别，与他们谈论工作、生产和生活。这么多年来，苏和早已成为他们中的一员，他也早成了这片沙漠戈壁的一员，额济纳的一员。他的心早已和这块土地、这里的人们连在一起。望着眼前熟悉和不熟悉的人们，往事点点滴滴，如流水一样浮现在他的脑海里。

少年生活，是苏和人生中很重要的一段。每每怀念起，他的心都是暖暖的，并且深深地感恩。由于政治运动，他的家庭受到冲击，少年的苏和成了没人管的孩子，是淳朴的额济纳人给了他父母般的呵护和关爱，他们心疼他、欣赏他、照顾他。多年后，当这个小小少年步入中年，又步入老年，在时间的深海起起落落后，苏和依然能在纷乱的旧事中，清晰地望见那些善良有爱的人们和那段一去不复返的少年时光。

上学的时候，苏和是一名成绩优秀、聪明好学的好学生。刻苦，是苏和给老师和同学们留下的最深刻的印象。那个年代，学生们的学习和生活条件十分艰苦，学校离家远，学生全都住校。因为住宿条件有限，

只能六七个人挤在大通铺上。晚上没有电灯，他们只能在煤油灯下温习功课。

苏和家里生活拮据，为了让苏和安心学习，苏和的父母和姐姐承担了家里的所有劳动，一两个学期才能看他一次。苏和在学校省吃俭用，每月的生活费都比其他同学少很多。

有一年，学校要重新分配宿舍，这件事让苏和很难过。老师和同学都不知道其中的缘由，苏和也不好意思告诉大家。最后，还是他的一个同学告诉老师，因为苏和家里条件不好，他没有厚棉被，冬天太冷，他只能和最要好的同学盖一床棉被，如果换了宿舍，又要挨冻。大家这才知道，苏和的生活如此困难。

虽然家庭困难如此，但是这没有成为苏和学习的阻力，反而成为苏和刻苦学习的动力。他的学习成绩一直名列前茅，特别是数学和物理总是全班第一。当时生活条件艰苦，很多同学都放弃了学业，到初中毕业时，苏和班里只有6名同学毕业，苏和是他们中的佼佼者。

艰苦的生活磨炼了苏和的意志，孜孜以求的进取精神，为他后来的人生和事业打下了坚实的基础。苦难，在某些时候、在某些人身上会转化成力量，它是人间的一所大学。

苏和家境贫寒，可他却是一名拾金不昧的好少年。有一次，学校里开表扬大会，旗团委给他颁发了"学习雷锋"的奖状。老师告诉同学们，苏和同学捡到72元钱，全部交到校团委。大家这才知道苏和拾金不昧的事。

当时，72元钱相当于一个普通职工两三个月的工资，对于每个月生活费不足10元的苏和来说，72元钱相当于他大半年的生活费了。

后来，当老同学额尔登其其格提及此事时，苏和笑着说，他已经记不得这些事情了。岁月长长，他也如巴图孟克一样，有选择地记住了温暖与感动，记住了与同学共用一条棉被，记住了老师的呵护，而他自己对于别人的帮助与付出，早已抛之脑后，选择了遗忘。

"好学上进、吃苦耐劳，他关心社员生活，喜欢新事物，是生产队里牧民眼中的好队长。"从人大退休的朝鲁老人这样说道。

20世纪60年代，朝鲁被派到苏和所在的伊布图嘎查，成为生产队里唯一的拖拉机操作员和技术员。当时苏和担任生产队队长，可是拖拉机对他和社员来说是新玩意儿。为了增加粮食产量，提高劳动效率，苏和组织年轻人学习拖拉机操作技术。他以身作则给操作员当帮手，带头学习。每次，他都坐在拖拉机上观察操作要领，劳动结束还主动帮着擦洗保养机器。平时苏和主动请教，认真学习，很快掌握了拖拉机的操作技术。当时开荒种田，公社里每个生产队拖拉机少，更缺拖拉机操作手，每到农忙季节，人可以休息，机器不能停。这时，苏和就成了生产队的拖拉机操作员，在技术员休息的时候，他就充当拖拉机操作手。有一次正值春季农忙，拖拉机突然坏了，要是不赶快修好，就要耽误播种季节。苏和亲自到旗里购买零件，请修理工，和技术员连续三天三夜抢修拖拉机，这才保障了生产。

1969年，伊布图嘎查迎来几位年轻人的婚礼。来到伊布图两年的朝鲁，在生产队和苏和的撮合下，与嘎查姑娘喜结连理。当时，人们的生活条件有限，嘎查为从外地来的朝鲁提供了很多帮助，解决了房子，还为他们添置了床和简单的生活日用品。

要结婚了，朝鲁和爱人想缝一床结婚用的新被子。因为收入太低，许多商品又供应不足，他们买不起缝被子的被面，问一些人借也借不到，这可难坏了两个年轻人。就在两人发愁的时候，苏和给他们送来一床被子面料。后来，朝鲁才知道，这床被子面料是苏和妈妈给苏和准备的，他一直舍不得用。听说他们有难处，苏和毫不犹豫地把被面送来

◆伊布图旧址

了。

为了提倡婚育新风，在苏和的主持下，生产队为两对新人筹办了集体婚礼。当时很多牧民还没有听说过集体婚礼。在那个特殊年代，这不仅弘扬了社会新风，也让更多的年轻人感到组织的关怀和温暖。

苏和当选为额济纳旗苏泊淖尔公社伊布图生产队队长时，这个生产队处于嘎顺淖尔干涸后的盐碱地中，生产条件极为艰苦，人们的生活也极为困苦。全队只有180口人，每人每月的口粮是28斤粮，人人都吃不饱。

"解决吃饭问题是当务之急。"这是苏和上任后做的第一件大事。那时，他只有20岁。英雄出少年，这句话在苏和的身上得到最恰当的印证。

经过深思熟虑，苏和大胆地提出了自己的想法："一是组织乡亲们开荒种地生产粮食，让每个人吃饱，也减轻国家的负担；二是组织牧民砍伐梭梭柴，去旗里售卖增加收入；三是发展牲畜业，增大牲畜群的数量和规模。"

他的想法在牧民中间引起巨大的反响，激发了全生产大队的斗志，也被旗里其他生产大队纷纷效仿。于是，当年的额济纳出现了这样的场面：在漫天的风沙里，一个20岁的年轻人带领100多人骑着骆驼，顶风冒雪，到远离定居点的额济纳河畔，用镐头平沙丘，在乱树林里开荒，在流沙中筑坝，开荒3000亩。为了增加队里的收入，苏和又带着壮劳力去戈壁滩上砍伐红柳，到黑城旁边砍伐梭梭林，别人的骆驼只驮400多

斤的干柴，而苏和的骆驼上总会驮500~600斤的干柴。在个竞争砍树的年代，苏和也是个劳动能手。

一年后，伊布图生产队取得了从未有过的丰收，队里打粮60多万斤，社员一个劳动日的报酬从4毛钱涨到1块钱，创造了那个时代的奇迹。

苏和一心想让人们吃饱、穿暖的想法正在逐步实现。

苏泊淖尔公社获得了大丰收，声名远扬，苏和的事迹上了《人民日报》《甘肃日报》，报道是这样写道："牧民不吃商品粮，苏泊淖尔公社在大力发展畜牧业生产的同时，积极、合理地发展农业生产，以农养

◆粮仓

牧，农牧并举，获得了粮食和畜牧产品双丰收……"

笔者在采访中问起当年这一段往事。

"牧民们终于能敞开肚皮吃饭了，每人每月吃100斤粮都可以。我当时是很高兴，可是不久之后，我就后悔了……"苏和老人百感交集。

"虽然一时保障了生活，填饱了肚子，却给额济纳人的生存带来了隐患！"苏和的神情很快就黯淡下来，一脸愧疚。

"那时，我年轻，急于想为人们做点实事。我只看到人们当时饥饿和贫穷的状态，根本没想到我们赖以生存的生态环境才是我们的根本。我提出了砍伐红柳、梭梭树卖钱，改善人们的生活状态，百姓一片欢呼。当时，也是有人反对的，而且反对我的都是对我好，平时很照顾我的牧民。苏泊淖尔公社喜获丰收，他们却一改以往对我爱护疼惜的态度。是我提出砍伐红柳、梭梭，也是我砍得最多。在我的带领下，100多个社员砍掉很多苏泊淖尔的红柳和黑城边的梭梭林（要知道，那些红柳和梭梭是能保持水土和防风固沙的）。我当时觉得委屈，可以说还不服气，等我回家见到父母，从没对我发过火的父亲，一见面就拍给我一张报纸，他说：'看看吧，这才是牧民心中的英雄。'"

那是一张《人民日报》，上面报道的是内蒙古自治区乌审旗治沙女英雄宝日勒岱，报纸介绍了宝日勒岱治沙前后乌审旗的变化：乌审召公社实现了从原来沙地占70%到现在的绿地占70%的大逆转，这一惊人的变化反映出的是乌审召人愚公移山、改造沙漠、建设草原、改天换地的革命精神……

往事一幕幕浮现在苏和的脑海，他有些讲不下去了，额头渗出细密的汗珠。看得出，那是一段令他揪心不已的岁月。

每个人都只能做历史允许他做的事，包括英雄。我们评价一个人、一件事，应考虑他们所处的时代背景。

后来苏和担任苏泊淖尔苏木伊布图嘎查书记时，已经认识到保护家乡生态的重要性。那个年代，大家保护生态环境的意识还非常淡薄，只要能够发展畜牧业生产，随便砍几棵树根本算不了什么。苏和作为嘎查书记，第一个提出来保护胡杨林。这在那个年代被好多人不理解也难以接受，苏和不辞辛苦地给农牧民做工作，最后，他的行为终于感动了大家。在苏和的号召下，全体农牧民开始打红柳篱笆墙，保护幼小的胡杨树苗，按照苏和的要求，每家每户门前种上了胡杨树。如今几十年过去，伊布图嘎查当时的篱笆墙还依稀可见，门前的胡杨树早已长成枝繁叶茂的参天大树。

托尔斯泰说过："人类被赋予了一种工作，那就是精神的成长。"年轻的苏和满怀愧疚，更满怀理想，在额济纳苍凉悲悯的大地上，似乎一瞬间，翩翩少年完成生命的勇敢转场。

1969年，苏和加入中国共产党，1971年当选额济纳旗团委书记，1973年任额济纳旗旗委副书记兼武装部部长。

走上领导岗位的苏和，心中有太多的憧憬，要想改变额济纳的现状、保护生态、发展生产，就要有解决问题的思路，克服困难的决心。

他决定先从改变额济纳旗政府所在地——达来呼布镇做起，然后改变全旗的整体面貌。当时的达来呼布镇还是一个落后闭塞的小镇，镇子里没有水、没有电，也看不到一条像样一点的路，天天刮着黄风。家家吃水要用水车水桶从镇子外运，人拉水车、牛拉水车、毛驴拉水车，还有狗拉水车，各式各样的拉水车成了当年达拉呼布镇的街头一景。由于没有电，户户都点油灯。所谓的路全是沙窝子，因此，从来也从没有人穿过皮鞋。镇里最大最好的建筑是旗委大院，那是搬迁时压缩资金所建，它的围墙不太高，围墙外黄沙堆涌得和围墙齐平。经过的毛驴经常踩着围墙就走进大院，闯进办公场所。苏和急于改变这里的一切，可当时的额济纳还处于军管状态，直到1975年，军管撤出额济纳，苏和被任命为额济纳旗旗长，他才真正开始了建设达来呼布镇的行动。

旗里当时非常困难，根本就没有改造资金。于是，苏和白手起家，组织干部群众不断展开义务劳动，在镇里和镇子四周种树、打井、建水塔，他还带着大家运来砂石铺路，买轧路机，修好的几条宽广的砂石路在镇里交错纵横，颇有气象。

20世纪80年代以前，额济纳旗的用电一直都是个大问题，地处供电线路的末端，没有稳定电源，全靠柴油发电机发电，照明等基本生活用电根本无法保障。结束这种落后的生产生活状态，建设自己的热电厂，一直是额济纳人民的夙愿。

可是，建设热电厂就要有充足的煤炭，然而额济纳旗最缺的也是煤炭。当时额济纳旗没有自己的煤矿，生产生活用煤全靠甘肃酒泉供应，

运输成本高、时间长，还无法保障，别说发电用煤，就是生活用煤都非常紧张。那时，额济纳旗居民都是烧梭梭柴，每个生产队每年冬天都要派壮劳力组织驼队去周边砍柴。从最初在自家门口捡干柴，到最后要到一两百千米外的古日乃、拐子湖等地砍伐原始梭梭林，严重破坏了额济纳的生态环境。

为了让额济纳旗人民彻底告别没有长明电的日子，苏和亲自带队搞调研，摸家底，寻找问题的突破口，最终建成额济纳旗希热哈达煤矿，从此结束了额济纳旗没有自己的煤矿，没有发电厂的历史。

达来呼布镇的面貌发生了巨大的改变，不仅有了水、有了电、有了砂石路，还有了公共汽车、绿树和开着的花。

苏和觉得这才刚刚开始，他还要把砂石路变成柏油路；把烧柴彻底变成烧煤，从根本上杜绝人们砍伐树木这一错误的行为；他还要办企业增加财政收入，开发地下资源，让额济纳早日脱贫。可这一切计划都需要有钱才行。苏和找到乌海市勘测队。因为没有钱，他就亲自带人去给勘探队送肉、瓜果之类的土特产，一次不行就两次，勘测队被苏和的举动感动了。

勘测队在额济纳发现储量丰富的矿藏。苏和组织乡镇办起煤矿、萤石矿、铁矿等，与酒泉钢铁厂合资办企业、与蒙古国做贸易、与基地办综合加工业。额济纳人从穿胶鞋、布鞋到穿皮鞋，取暖、做饭的燃料从以烧梭梭为主到以烧煤为主。

额济纳不再是烟尘和沙砾、寒冷和灼热，飞鸟的啼鸣和人们的笑容正一点一滴地构建着中国西部额济纳人与自然的生动与和谐。

随后，苏和开始组织水利局、农牧局、公社苏木外出参观学习，他们先后走访了银川市、乌审旗、包头市、呼和浩特市和锡林郭勒盟的几个旗，通过参观植树造林，学习牧区的治沙经验，大家的思想发生了转变，生态环保意识增强，各个公社、苏木积极开展起轰轰烈烈的植树造林活动。

接着，他又开始改良全旗牧场。在额济纳旗中部戈壁，有一片名叫安都的草场。为了让当地群众大力发展畜牧业，苏和从几十千米外的额济纳河引水改造这块草场。当时的额济纳旗财政收入只有40多万元，财力非常有限，大家都认为改造难度太大，劝他放弃这个想法。可苏和一心想要提高牧民群众的生活水平，他动员机关干部职工参与改造安都草场的活动。为了节省资金，苏和号召大伙儿从家里拿来铁钎、锹等工具，早出晚归带领大家开挖水渠。半年后，一条从额济纳河通往安都草场的60千米水渠终于修成。有了河水的滋润，安都草场的牧草长势旺盛起来，每年秋季都能打200多万斤优质牧草。牧民们饲养的牲畜头数增加，收入与以前相比有了大幅度的提高。

1978年，中国的改革开放拉开帷幕，额济纳旗的各项事业开始出现新气象。苏和深感自己的知识储备不足，他申请参加考试进入内蒙古干部管理学院，读起工商管理课程。苏和如饥似渴地学习知识，自习室、图书馆，每天都能看见他的身影。高尔基说过："学习，永远不晚。"古人也说："朝闻道，夕死足矣。"苏和想把错过的学习时光补救回

来，他想汲取更多的知识。在改革开放的大潮中，他想为额济纳做更多的事。

多年以后，当苏和老人讲起在内蒙古干部管理学院学习的那段日子，他的眼睛明亮如星。最美的时光总是充盈而短暂，每个人的生命中都有最不舍、最难忘的岁月，比如青春，比如奋斗，比如苏和作为学生孜孜以求的美丽光阴。

来与苏和告别的乡亲走了，望着他们远去的背影，他心潮翻滚。他想起巴彦宝格德敖包前的祭祀，想起迁徙路上的老人和孩子的面容，想起他和同学们在驼背上念书的情形，想起牧民们在风雪风暴中保护羊群的艰辛。

额济纳永远是他心中最不舍的那部分。

苏和默默地走在熟悉的街道上。达来呼布镇，他在这里生活了几十年，早已与这里同气连枝。他驻足深深地凝望。就在这时，一个长长的卡车车队从他眼前疾闪而过，那是旗里的打井队，他们驶出达来呼布镇后，分别向着不同方向奔去。

望着车队驶过，苏和有些感动，更是欣慰，他仿佛看到一个绿意盎然的额济纳正在天边缓缓升起。

突然，一辆车在他身后停了下来，有人从车上跳下来，向苏和跑过来。

苏和一看，是巴图孟克。他浑身是土，土似乎渗透到皮肤里，眼睛是他整个人唯一明亮的地方。

"苏书记，再见！我会好好打井的！"巴图孟克气喘吁吁地说道。苏和还没来得及说话，巴图孟克已经跳上三轮车尾随车队而去。

瞬间，苏和的眼前一片模糊。

苏和回到家中，妻子德力格已把饭菜做好，大家都在等他回来。家里静悄悄的，每个人见他进来都不说话，他们都低下了头。

"这是十几年以来，除了春节，我们全家第一次团聚，今天，就不要拘着了，喝个尽兴。"一向不善言辞的父亲打破了沉默。

苏和看得出他们内心的不舍。

"这么多年，儿子一直没好好照顾你们，这又要去盟里工作了，以后更忙，请阿爸阿妈多保重。"苏和端起酒杯一饮而尽。

"你到哪儿还不都是拼命，你要保重才是……"母亲还是没忍住，她流着眼泪嘱咐道。

骑上膘肥体壮的小黄马，

随着晨曦初升就启程。

双鬓染霜的慈祥老母，

儿要报答你们的养育之恩。

骑上小巧玲珑的小黄马，

踏上秋日金色的草原。

辛勤一生的白发阿爸，

儿要报答你们的养育之恩。

要去盟里赴任了，他一个人去了一趟航天城。

一路上，他的内心无法平静。30多年来，额济纳人民已与基地的解放军亲如一家，建立了良好的军民关系，军民融合共建家园。戈壁滩上气候恶劣，牧民们常常会救回已在戈壁滩昏倒的年轻战士，或因汽车出事故，被风雪严寒围困的解放军，还有执行任务受伤迷路的解放军官兵。每当发生这种情况，基地的首长或同志必会亲自去牧民家登门道谢。

国防科工委的主任记者刘江海曾在一篇报告文学中讲述了这样一段故事：铁路上的一位老兵季和平在一次巡道中突然遇到一场铺天盖地的沙尘暴，人就消失了。部队先是打着马灯在附近找了一天，没有找到，接着派出许多人马，形成一个包围圈继续寻找，可仍没有找到他。发射中心与空军取得联系，正准备动用直升机寻找，季和平却在远离驻地的荒漠上被老乡发现。原来，他竟然被风暴卷袭到50多千米之外的地方，直到撞到一处牧民的羊圈墙壁才停下来。在医院抢救了两天后，他从昏迷中醒过来。当别人把事情的经过告诉他时，他感动得一句都说不出来。

汽车驶出东风试验基地，驶进铁红色的旷野，酷烈的阳光伴着戈壁沙漠的热浪，在苍茫大地上蒸腾。额济纳，这是一片广袤无垠的土地，绿洲只占它总面积的三分之一。这是一片既冰冷又火热的土地，寒冷干旱的气候使得大多数生物难以存活，降水量低于30毫米，而蒸发量却在4000毫米以上。然而，就在这广袤的荒凉之中，在大漠，却孕育了人类文明的第一缕光亮。人类文明的发源地，总会不约而同地出现在沙漠边缘，像是约定。埃及在撒哈拉沙漠的东缘，古巴比伦的文明毗邻沙特阿拉伯的大沙漠，孕育了印度文明的印度河平原也与塔尔大沙漠相伴，而中华文明的发源地黄土高原，它的北面是毛乌素沙漠和库布其沙漠，西北面是腾格里沙漠、巴丹吉林沙漠与乌兰布和沙漠。

苏和记起巴丹吉林沙漠东部的曼德拉山，它在沙漠里已沉寂了3000多年，6000多幅生机勃勃的岩画散落在石林中，用的是人类皆通的语言。祭祀、狩猎、繁衍，英雄、神灵的舞蹈在时间的峭壁上起舞，月氏人、羌人、匈奴人，还有其他居住在沙漠里的人群，把他们的生命留在了时空之间。

有一种解释，苏和说他记得，他认为很科学：在文明的萌芽阶段，人类的力量还十分弱小，生产技术极不发达，在相对荒芜的自然环境中，反而蕴藏着人类的生机。干旱荒漠地区流行病更少，猛兽活动困难，食物容易保存，种种不利的环境成了有利条件，反而使得沙漠戈壁成为人类早期的居留地之一。

巴彦浩特已在眼前，一段新的征程即将开始……

额济纳河畔

◆干旱荒漠地区是地球表层独具自然特征的地理单元。认识干旱荒漠的自然特征，了解并尊重其自然规律，是人们与干旱荒漠和谐相处的基础和前提。

第八章　沙起额济纳

　　苏和赶到巴彦浩特又是夜晚，他在组织部门安排的地方住了下来，第二天一早就去盟里报到。此时，距离邓小平的南方讲话发表刚刚过去一年，以经济改革为主的城市改革已在中国的内地打响，最早的两个经济特区广东、福建在改革开放中取得了巨大的成功。

　　经过14年建设的深圳已是高楼林立，一个个合资企业如雨后春笋般在深圳迅速成长壮大。电视连续剧《打工妹》以艺术的形式再现了在改革开放的大背景下，人物思想和命运的转变，生动地记述了改革开放的排头兵在社会主义建设大潮中的奋斗与崛起之路。

　　在改革开放政策的鼓励下，一群时代的弄潮儿勇敢地放弃之前的工作，辞职下海，投入到火热的改革中，他们或去广东深圳闯荡，跑石狮、厦门、泉州贩回商品，或去上海的浦东、遥远的海南寻找发展机会，或就地办公司、办企业，一边创业，一边摸索管理经验、认识市场经济运作规律、学习和培养竞争意识。大浪淘沙，淘汰了沙渍，也陶

冶了英雄。9亿人的中国正在进行着一场空前的社会主义建设的伟大事业，中国吸引了全世界的目光。站在21世纪的今天，当无数个中国人回望这40年的发展历程，回望苦难，也回望辉煌，无不激情满怀，无不叹服国家的英明抉择和人民群众的智慧。历史不会忘记，它将以更迅猛的姿态继续向前。今天，建设富强、民主、文明、和谐、美丽中国已是中华民族共同的心愿。

　　地处大西北的阿拉善盟也在改革开放的大潮中，积聚力量、发掘潜

◆贺兰山下的羊群

力，加速发展民族地区经济和社会发展的进程，一股蓬勃的发展气息，在祖国的边疆大地，在贺兰山下升起。

1993年，苏和就是在这样的时刻来到巴彦浩特，也是在这样的大背景下走马上任。作为分管规划、城建、生产安全、边境检查、口岸贸易、联系驻军部队的副盟长，他对阿拉善盟未来的发展提出了新思路。巴彦浩特是座典型的工农互动、农牧结合、城乡一体的建制城镇。巴彦浩特，蒙古语"富饶的城市"，地理位置优越，它东拥贺兰山、西依腾格里沙漠、北枕营盘山、南临鹿圈山，是内蒙古自治区的西大门。它距离宁夏回族自治区的银川市区100千米，距内蒙古自治区的乌海市190千米，离甘肃省河西走廊的县市都很近，处于几省间的金三角位置。鉴于此，应该放宽视野进行规划和建设，强化以它为中心带动周边的辐射功能。巴彦浩特是中国内地通往大西北的交通枢纽，有多条公路过境。高速公路应加快建设，早日形成"三纵四横"的交通网络，为经济发展提供高效便捷的交通。对于工农牧业的发展方面，由于环境的制约，阿拉善盟只能发展环保型工业、绿色蔬菜业、高效舍饲养殖业。再有，要进一步加大口岸开放的力度，与几大板块的产业互动形成共同发展的格局。

苏和的建议得到盟委政府的高度重视，更多的建议和构想也随之汇聚而来，很快，这些建议和设想形成决策并先后启动。苏和全身心地投入工作，每天不是审图纸，就是跑工地，或去各旗进行安全检查，到策克处理边境问题，或为推动口岸贸易，联系基地驻军而努力，整天忙个

不停，他的日程表上早已经没有休息这个概念。

苏和是个闲不住、善于学习、有想法、喜欢新事物并勇于创新的人。他大胆并富有远见的构想就赢得了盟委的一致认可和好评。祖国形势一片大好，阿拉善不能错失机会，在他心中，关于阿拉善盟的美好图景已经构建。

巴彦浩特的城区建设设计方案已经成熟：城镇为新、旧两区，基础设施建设规划为日后城市的发展预留了足够的空间。新旧城区的中间地带是生态园景观区，这一规划使绿化覆盖率大幅度增加，完全建成后的新城必定会楼群林立，绿草如茵，面貌焕然一新。

望着准备新建的城区设计方案，苏和想到了额济纳旗，他渐渐意识到打井只能解决眼前的问题，不是长久之计，用抽取地下水来养活树，一旦过度，就是竭泽而渔。额济纳和其他地区一样，需要发展，这种发展必须是可持续发展；额济纳也需要效益，这种效益也必须是可持续、长期的效益。生态状况已濒临绝境的额济纳仍旧让苏和深深忧虑和牵挂。

这一年，在他的帮助下，额济纳办起金矿、煤矿、铁矿、羊绒梳理和加工企业，随着改革的不断推进，与蒙古国的贸易合作也更加顺利，并开始向纵深发展。

整个中国都在日新月异地变化，新事物和新问题也在阿拉善盟层出不穷。面对时代的要求，苏和意识到必须及时对管理和一些制度进行调整。面对新问题新领域，苏和认真学习、走访调研、摸索总结并大胆创新。为阿拉善盟的经济和社会发展，他一刻也不敢掉以轻心。

阿拉善同中国的其他地区一样，沐浴在改革开放的春风中，渐渐变了模样。

可是，新的难题再次摆在苏和的面前，从1983年开始，内蒙古的草场实行牧区土地责任承包，把草场分给牧民。这原本与农村的土地承包责任制相同，是为了解放生产力，调动牧民的积极性。但就实际实行的情况看，牧区草场承包在粗放式经营理念指导下并未取得预期的效果。

草原的生态环境脆弱，有着先天的特殊性，表面看上去是一望无际的绿色海洋，其实下面都是砂质土层。传统牧业的逐水草迁徙游牧，正是因牧场轮番休牧的需要而形成。牧区土地承包后，私有牧场的网围栏里天地狭小，而牧民们为了快速脱贫致富，开始在无水的草场上打井提取地下水供应牲畜，大力发展畜牧业。造成的结果是，哪里有水井，哪里就会集结大量的牲畜，哪里的植被就被强度啃食，土地表层被反复践踏，从而加剧了土壤的沙化，最终导致草场沙化直至流动沙丘出现。当地牧民说："水多了，草少了。羊多了，但肉少了。"事实上，这就是英国生态学家郎格称之为的"脓肿圈"。

继续下去草场的沙化面积会不断扩大，后果不堪设想，牧区的经营理念必须转变。这又是一场绿色革命，对于有着根深蒂固经营牧业的牧民来讲，这样的转变并不容易。在苏和的带领下，阿拉善盟大规模禁牧休牧工作轰轰烈烈地展开，牧民们开始学习舍饲养殖业。同时，在他的推动下，"关于解决黑河流域水资源分配"的请示报告由阿拉善盟政府

起草，自治区转呈递交到国家水利委员会、国务院。苏和还利用各种工作场合和机会积极呼吁，阿拉善盟的电视和媒体也参与进来，呼吁全社会立刻行动起来，遏制草原荒漠化刻不容缓，全民有责。

荒漠化，是制约大西北经济发展的瓶颈。苏和明白如果不能彻底解决这个问题，经济发展就不可能持续，农牧民将无法走出循环往复的怪圈，实现真正意义上的脱贫。

20世纪中期，国际上许多环境问题专家纷纷断言随着气候变暖，厄尔尼诺现象的加剧，荒漠化已成为不可医治的地球癌症。苏和却不这样看，他知道中国西部的八大沙漠是中国巨大的蓄水库，只要找到科学可行的治理办法，荒漠化问题在中国一定会逐渐被解决。

◆连绵的沙丘

苏和心系沙漠，惦记着生活在沙漠里的人，就荒漠化治理这个问题，他一直关注和思考着。

　　苏和想起一位国际友人——远山正瑛，或许他能够帮阿拉善出谋划策。他是日本治沙绿化协会会长，一位耄耋老人。几年前，他曾到阿拉善盟请求义务治沙，但在当时的情况下，地方想带动农牧民尽快脱贫致富，选择了优先发展农牧业，致使远山正瑛在阿拉善地区的治沙计划落空。离开阿拉善盟之后，他选择到鄂尔多斯的库布其沙漠恩格贝治沙。苏和请示盟委领导，去恩格贝见远山正瑛。当他星夜兼程赶到库布其恩格贝沙漠的时候，远山正瑛刚好返回日本治病。苏和扑了一个空，内心很是失落。

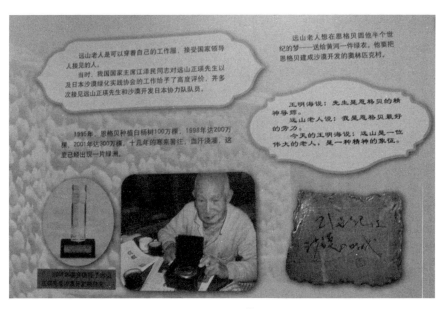

◆远山正瑛

1993年，春节刚过，中国北方突然出现多次大风天气。4月19日至5月8日，肆虐的狂风持续横扫大地，内蒙古、甘肃、宁夏等地也相继遭遇大风和沙尘暴的袭击。其中5月5日至6日，一场特大沙尘暴袭击了新疆东部、甘肃河西、宁夏大部以及内蒙古、山西省、河北省，波及北京、济南、南京、杭州等地，甚至漂洋过海袭击了韩国、朝鲜、日本。

这场大风使我国大量的农田沃土、种子和幼苗被刮走，牧场被沙埋，沙埋厚度平均20厘米，最厚处达到1.2米。狂风所到之处庄稼绝收、果木花蕊被打落，牲畜因无水可饮、无草可吃成群死亡。持续的风暴致使阿拉善盟12万株防护林和用材林折断或连根拔起，华北多地停水停电，风暴给北方多地的工农业生产造成严重损失。风暴携带的大量沙尘蔽日遮光，致使中国北方大部分地区的飞机不能正常起飞或降落，汽车和火车车厢玻璃破损、停运或脱轨。漫天昏黑、翻滚冲腾的强沙尘暴使空气污染加剧，生态环境更加恶化。据国家有关部门统计，持续的沙尘暴使我国的沙漠化面积扩大174.6万平方千米，占国土面积的18.2%，近4亿人的生产生活受到严重影响，造成的直接损失达540亿元，间接损失更是无法估计。

直到今天，仍有不少人对1993年5月的那场沙尘暴心存余悸，人们称那场风暴为黑风暴。

从那场黑风暴后，苏和更加忙碌了。风暴过后，几乎所有的工作都陷入停顿状态。作为副盟长的苏和首先要奔赴救灾的第一线，深入了解灾情，想办法解决农牧民遇到的实际困难，帮助他们恢复生产和生活。

然而，一次救灾还没有结束，另一场飓风又降临。扬沙天气、沙尘暴、黑风暴日复一日席卷而来，似乎没有停下来的意思。

肆虐的狂风像是来自于天庭的震怒，来势汹汹，波及范围极广，受灾地区的人们陷入空前的恐慌之中。

让我们看看国家权威部门的另一份统计：

1994年4月6日开始，从蒙古国和中国内蒙古西部刮起大风，北部沙漠戈壁的沙尘随风而起，飘浮到河西走廊上空，漫天黄土持续数日。1995年11月7日，山东40多个县（市）遭受暴风袭击，35人死亡，121人失踪，320人受伤，直接经济损失10亿多元。1996年5月29日至30日，自1965年以来最严重的强沙尘暴袭掠了河西走廊西部，黑风骤起，天地闭合，沙尘弥漫，树木轰然倒下，人们呼吸困难，遭受破坏最严重的酒泉地区直接经济损失达2亿多元。1998年4月5日，内蒙古的中西部、宁夏的西南部、甘肃的河西走廊一带遭受强沙尘暴的袭击，影响范围很广，波及北京、济南、南京、杭州等地。4月19日，新疆北部和东部吐鄯托盆地遭遇12级大风袭击，部分地区同时伴有沙尘。这次特大风灾造成大量财产损失，6人死亡，44人失踪，256人受伤。5月19日凌晨，新疆北部地区突遭狂风袭击，阿拉山口、塔城等风口地区风力达9～10级，瞬间风速达每秒32米，其他地区风力普遍达到6～7级。狂风刮倒大树，部分地段电力线路被刮断……

全球的目光已聚焦中国。沙尘暴的源头到底在哪里？中国能找到根治荒漠化的办法吗？

　　2000年春季，从3月17日到4月28日，40多天的时间里，我国西北华北连续发生9次扬沙、沙尘暴天气，如此高频率大范围的沙尘暴震惊了中南海。据当年卫星遥感监测显示，靠近北京的内蒙古锡林郭勒盟多伦县，全县风蚀沙化面积占89.2%，50%的耕地因沙化无法耕种而弃荒。2000年5月12日，国家领导人赴多伦县实地考察沙尘暴的起因。考察之后，国家领导人心情沉重地说："治沙止漠刻不容缓，生态屏障势在必建。"紧接着国家启动实施了退耕还林、京津风沙源治理、天然林保护等六大林业重点工程。一条绿色长城沿着砖石长城延伸、舒展，这条长城的可信区域就是中原农耕文明和草原文明交集的地方——内蒙古。内蒙古是全国唯一被六大工程覆盖的省区，把内蒙古建设成为我国北方最重要的生态防线，作为内蒙古西部大开发的战略目标被确立了起来。一场声势浩大的人沙大战由此拉开帷幕。这是一场艰苦卓绝的战役，在这场战役中，无数人参与其中，展开旷日持久的绿色追寻。历经岁月，历经艰辛，荒漠变成绿洲，中国在治理沙漠上取得巨大成功，被联合国誉为"全球治沙的一个样本"。

　　新时期以来，尤其是2012年以来，中国政府推进生态文明体制建设。防沙治沙顶层设计加强，新一轮退耕还林、沙化土地封禁保护、京津风沙源治理工程二期等重点工程相继启动，防治荒漠化进入全面推进阶段。今天，沙、沙地、沙漠在生态理念、治理理念等层面上的意义，已经发生嬗变，并被赋予新的时代内涵。21世纪的今天，随着科学的不断向前发展，生态环境建设和新型的沙产业正以新的姿态进入人们的视野，进一步改变人们的生活。

郝成之先生曾说过，1984年钱学森院士的沙产业、草产业理论为西部沙漠、草场、林区资源的转换增值和产业联动开辟了新路，为"恢复生态、发展生产、提高农牧民生活"的"三生统一"找到了结合点，为实现"沙漠增绿、资源增值、农牧民增收、企业增效"的良性循环，进而打造退耕还林、退牧还草的新型涉农后续产业找到了增长点。如果说西部大开发中生态是重点，荒漠化防治是难点，那么，沙产业、草产业就是科学的突破口。

就在国家采取紧急行动的日子里，又有4次大的沙尘暴和扬沙天气连续袭击和影响包括京津在内的我国北方广大地区。那么，沙尘暴的源头到底在哪里？5月12日，这个问题终于有了答案。当天的中央电视台《新闻调查》栏目播出纪录片《沙起额济纳》，镜头里干涸的居延海了无生机，龟裂的河床丑陋不堪，胡杨"陈尸"遍野，一片惨白，肆虐的沙尘晃动着大地，这一景象给全国亿万观众以巨大的冲击，盘旋在人们的脑海里久久难以磨灭。

《沙起额济纳》播出后，人们终于知道影响总面积200万平方千米，殃及小半个中国的沙尘暴的源头在哪里了。

西部边陲额济纳一夜间在全国闻名。

在这样的时刻，额济纳旗的青少年再也不肯沉默，喊出"保卫绿色生态"的誓言。许多在外地读书和工作的额济纳旗儿女在观看中央电视台《新闻调查》栏目的《沙起额济纳》纪录片后，毅然放弃外地优越的

学习和工作机会，返回了家乡。与此同时，在苏和等人的推动下，一份由阿拉善盟政府起草的对大西北环境治理的报告，也通过内蒙古自治区再次送达北京。

党中央国务院对黑河流域的环境治理给予了高度重视。2000年5月，国务院对迅速解决黑河流域水资源分配保护额济纳绿洲下了指示："西北主要有三河，即黄河、塔里木河、黑河。而黑河问题非常严重，非治不可，应统筹规划，统一管理。西部生态环境极其脆弱，西部大开发放水是第一位的任务，要把生态用水放在第一位，保护额济纳的生态环境不仅是对额济纳的保护，同时也是对内蒙古、甘肃的保护，对航天事业的发展、边疆稳定意义十分重大，要用半年时间解决好黑河的管理问题。"

抢救额济纳绿洲的行动开始了。在兰州，国家水利部黄委会黑河管理局挂牌，对黑河水资源实施全流域统一调度。在阿拉善盟府巴彦浩特，成立阿拉善盟黑河下游额济纳绿洲抢救与生态保护工程建设管理局。

苏和终于盼到了这一天，额济纳人民终于等到了这一天。

对黑河流域的水资源统一调度，也就意味着国家已下大决心从源头上展开对荒漠化的治理，国家要彻底解决额济纳河断流之事。额济纳绿洲有救了，居延海又要有水了……这是回荡在额济纳旗、阿拉善盟、内蒙古自治区大地上的欢呼。以后，来自额济纳的扬沙、沙尘暴会渐渐减少，孩子们可以到户外呼吸新鲜空气，飞机、火车再不会停运，城里的居民不会再遇到停水断电，牧民的草场再不会被沙埋，农民的庄稼不会绝收，果农的树木也不会折断，更不会有人在扬沙天气里失踪，人们亦不再因风暴而颠沛流离。

抢救额济纳绿洲，国家在行动，人民在行动。

苏和将国家下令抢救额济纳绿洲的事告诉妻子德力格，德力格默默地流下了眼泪。

"我去请假，咱们回去看看。"苏和建议道。

德力格含着泪，微笑点头。

苏和与妻子德力格踏上了归途，重走故地，感慨万千。

已经53岁的苏和，站在额济纳河畔，心怀敬畏。额济纳无尽的苍凉和深远的广袤看上去是那么包容，又那么悲壮。沙地是黄色的，间或泛出几点绿，纤弱妖娆。龟裂的河床绵延着直达无边无际的地平线，大地是一片静寂，充满倔强、孤傲与自豪的气概。为这一脉水源，苏和双鬓成霜，一生为水，生而为水。有了水，莺飞草密，百兽往来，万物自由生长，"天苍苍，野茫茫，风吹草低见牛羊"的景象就不会再是现代人的沉重幻觉，额济纳的美丽、和谐又可以触手可及。

苏和到巴彦浩特的8年中，先后任阿拉善盟副盟长、纪委书记。2000年，他已经是阿拉善盟的政协主席。这一年，仿佛命运的安排，又似缘分的注定，在北京开会期间，苏和与远山正瑛相遇。他们惊讶地发现，他们好像不是初次相遇，而是久违后的重逢。在两位的注视中，绿

色、生态，乃至于人类与自然的相容相生是他们共同的默契与心声。

苏和非常激动，他诚恳地邀请远山正瑛去额济纳走走看看。此时，这位精神矍铄的老人已是93岁高龄，他已在库布其的恩格贝沙漠义务植树造林10年，这10年里他每年要在恩格贝沙漠工作8个月，每天工作近10个小时。在他的带动下，先后有1万多名日本志愿者参加了沙漠义务植树，捐款200多万元。他已治理了恩格贝1万多平方米的沙漠，3个"百万株植树工程"相继完成。远山正瑛被誉为"绿色使者"，获联合国人类贡献奖、内蒙古骏马奖和"中日友好使者"的称号，内蒙古自治区政府为他颁发了荣誉公民的证书。

◆日本治沙人居住过的房子

苏和对这位老人充满了敬意。远山正瑛是日本鸟取大学的教授、农学家。1935年留学中国，研究农耕文化和植物生态，从那时起，他就对治理沙漠产生了兴趣。1972年退休后，他开始对中国进行沙漠绿化研究。1980年来华访问，与中国科学院进行合作，回国后成立了日本沙漠绿化实践协会并任会长，开始向中国派遣中国沙漠开发日本协力队，动员会员参与恩格贝治沙事业。

苏和热情地向老人发出了邀请，没想到却被老人婉言谢绝。苏和早就听说这位老人脾气很倔，热情地请他不行，苏和就采用激将法。

苏和故意说："你治沙只在小沙漠中搞，从来不敢来额济纳旗的大沙漠……"

远山正瑛听了一下子就急了，他说："谁说我不敢？我去考察，我去。"见老人已答应，苏和暗自高兴。

苏和急切地向老人介绍额济纳、介绍黑城璀璨的历史和风蚀的现状，介绍那里的人民对水、对富庶与美好生活的渴望与期待。远山正瑛被深深地感动了。他当即答应苏和第二年先去考察，然后在黑城一带试着植一些树。

很快，苏和与远山正瑛签了一份合同，由日本沙漠绿化实践协会派出志愿者赴额济纳旗的黑城进行沙漠化治理。黑河的统一调水已在进行中，沙尘暴即将得到有效控制。但是，想让荒漠化得到进一步治理，扼住西风口，留住渐行渐远的黑城文明，必须现在就行动起来，保护黑城的文明遗迹，任重而道远。

2001年春天，在苏和的陪同下，远山正瑛来到距达来呼布镇35千米处的黑城遗址，老人考察后，在黑城种下1000棵梭梭苗。

"小小居延海，连着中南海。"这是镌刻在黑河流域治理纪念碑上的一句话，道出了额济纳旗人民对党和国家的感激。2001年2月21日，国务院第九十四次总理办公会议，专题研究黑河流域治理问题。国家领导人再次强调："保护额济纳旗生态环境不仅是对当地的保护，也是对内蒙古、甘肃的保护，同时对我国航天事业的发展、边疆的稳定、民族

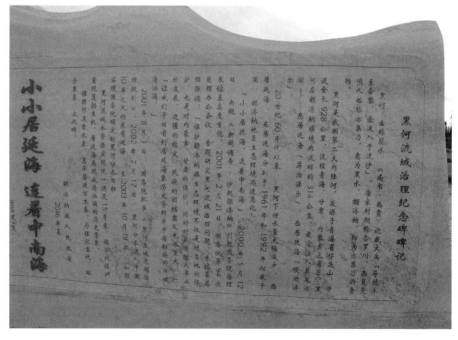

◆小小居延海，连着中南海

的团结意义也很大。""让我们早日看到居延海像历史资料片中看到的那样波涛汹涌……"这是国家的希望，也是苏和与额济纳旗人民的期待。

2001年8月3日，之于额济纳来说，注定是一个伟大而难忘的日子，国务院批准《黑河流域近期治理规划》。

2002年7月17日，这一天，整个额济纳沸腾了，全旗数万百姓跑到额济纳河边，这是他们日盼夜盼的日子。他们激动地站在河边，他们终于看到额济纳河汹涌的水流，河水是蓝黑色的，波光灵动，闪烁着迷人的光环流进额济纳大地。河畔上的人们喜极而泣。几对年轻人把婚礼选在了这一天，这一天出生的孩子，他们中很多人的名字里，也都有了"水"字的存在。

2017年10月的一个黄昏，在从苏和家回来的路上，笔者问及当年来水的情形，随行的额济纳旗文化局副局长那仁巴图和乌兰牧骑小杨都有深刻的记忆。他们说，那一天，很多额济纳人站在河畔彻夜不归，有些人专门从外地赶回来等水，那个场面太让人感动、太让人难忘了。

在党中央、国务院的高度重视和亲切关怀下，2002年黑河调水首次到达东居延海，并同时进入干涸42年之久的西居延海。至2003年10月18日，如期实现国务院确定的黑河分水目标。

自此，黑河的水量进行统一调度，向额济纳绿洲和居延海集中输水，干涸多年的额济纳绿洲得到有效灌溉。在额济纳河水的持续滋养和

一系列生态保护措施的推动下，额济纳的生态发生了变化，地下水位明显回升，部分濒临死亡的胡杨、干枯的甘草、芦苇等植物开始复活，消失多年的大头鱼又出现在居延海。居延海植被退化区域经过灌水、抚育等人工措施逐渐复壮更新，湿地植物明显增多，鸟类种类迅速增加，胡杨林面积逐渐扩大，居延大地重新焕发勃勃生机。由此开始，整个黑河流域生态环境恶化的趋势得到遏制，一定程度上减少了西北、华北地区沙尘暴的发生概率。

额济纳河的水流再次使古老的绿洲焕发勃勃生机。1999年9月，中共十五届四中全会决定开始实施西部大开发战略，大西北迸发出无限的活力。西部大开发战略，把西部3亿多人与全国人同步迈入小康社会的步伐协调在一起，把西部地区的发展与全国的现代化大格局统筹在一起。没有西部的小康，就没有全国的小康。没有西部的现代化，就没有全国的现代化。这是一段艰难却又充满勇气的探索，这是一个峥嵘而蕴含希望的政策。

2017年6月1日，阿拉善盟生态文明建设委员会给国家领导人致信，信中说："近年来，在党中央、国务院的关心下，阿拉善盟实施了'防沙治沙''锁边护城''身边增绿'工程，积极防范巴丹吉林、腾格里、乌兰布和三大沙漠'握手'连片，取得了'生态恶化趋势减缓，重点治理区明显改善'的良好效果。2015年，阿拉善盟森林覆盖率达到7.77%、草原植被盖度达到20.62%，比2000年分别提高3.7和9.1个百分点；沙尘暴逐年减少，年爆发从2000年27次下降到近几年的3~4次。每念及此，阿拉善各族群众衷心感谢党中央、国务院，衷心感谢驻军部队、社会公益团体！"

收到该信后，国家领导人十分欣慰，并表达了对阿拉善生态文明建设的深切关注，并在回信中深情写道："小小居延海令人感慨系之，人一辈子能干几件令老百姓真正得益的事，真是不容易，感谢阿拉善的同志们。"

信中深情地回顾了居延海调水过程。1961年，西居延海干涸。1992年，东居延海断水，黑河问题受到党和国家的高度关注。在国家领导人的关心下，国务院多次召开会议，研究黑河流域生态建设，并先后批准了黑河分水方案，启动黑河干流水量度调、全流域水资源统一管理，批复《黑河流域近期治理规划》。2008年，黑河由常规调度转向生态水量调度。

信中还详细汇报了居延海实施生态调水工程10多年来发生的变化和阿拉善盟生态文明建设取得的成效。

2017年，经多年治理后的黑河上游水源涵养能力明显提高，中游农业种植结构得到调整，下游胡杨林得到复壮更新；东居延海入湖供水"快速通道"构建完成，东风水库安全无虞，东风场区生态林初具规模，居民生活用水洁净安全。

在水量调度工作中，额济纳旗实施分区轮灌，重点向绿洲边缘区、生态脆弱区和未进水的灌溉区域配水，使有限的水资源发挥生态效益最

大化，促进了生态恢复和改善。与此同时，先后实施了退牧还草工程，围封禁牧草场470万亩，划区轮牧10万亩，休牧80万亩，使生态脆弱的荒漠草原得到休养生息。

自黑河实施统一调水16年来，截至目前，累计向额济纳旗调水103亿立方米，累计灌溉草牧场1019万亩。东居延海已连续13年没有干涸，水域面积达42平方千米。2016年，干涸已久的嘎顺淖尔过水面积达到130平方千米。

沿河两岸229.43万亩濒临枯死的柽柳得到了抢救性保护，胡杨林面积由39万亩增加到44.41万亩，草场植被盖度较分水前提高18.3%，植株高度平均增长4.63厘米，林下伴生物种由原先的苦豆子、芦苇、碱草、

◆黑河水注入居延海

骆驼刺、盐爪爪等逐渐演替为甘草、芨芨草、沙拐枣等适口性优良的牧草。东居延海周边绝迹近10年的候鸟特别是白天鹅故地重游，湖边灰雁、黄鸭等已经形成一定种群规模，数万只各种鸟类在居延海湿地集群待迁。

东居延海的生态环境也正由恶化后的寸草不生、沙尘肆虐，逐渐形成今天以天鹅、灰雁、黄鸭、大头鱼、芦苇、红柳、盐爪爪、盐节草等多种动植物并存的约4万亩的居延海湿地生态系统。

经过多方努力，内蒙古居延海湿地保护恢复建设项目完成了全部建设任务，并通过自治区验收。项目建设累计完成总投资2270万元。截至2017年，经监测居延海湿地水域面积6.3万亩，湿地鸟类达73种，最大

◆居延海，飞鸟的天空

种群雁类已达3000多只。西居延海先后7次进水，改变了生态环境，使西河下游的地下水得到回升，沙尘次数明显减少。

连年分水成功，使绿洲生态环境不断恶化的趋势得到遏止，局部地区生态环境开始好转，黑河下游居延三角洲面积基本维持在3328平方千米，较之20世纪90年代绿洲急剧退化的情况有明显好转。"十二五"期间，自然保护区及居延海湿地范围内的生态系统得到有效保护，生物多样性得以延续，保护区内森林面积已达29.32万亩，森林覆盖率74.45%。

今天的居延海芦苇丛生、碧波荡漾，白骨顶、鸥鸟、野鸭、大雁、天鹅、灰鹤常年栖息，区域生态环境恶化得到有效遏制。

沧海桑田，山河巨变，曾经消失的西部繁华终于回来了。

2004年2月的一天，苏和正在主持召开阿拉善盟扶贫会议。会议中，远山正瑛逝世的消息传来，苏和悲恸不已。

不久，远山正瑛纪念馆在恩格贝沙漠着手开建，苏和把手里的工作做了安排后，向恩格贝沙漠赶去。一路上，远山正瑛的事迹一次次浮现在他的脑海，苏和陷进深深的感动之中。

20世纪70年代初期，中日邦交正常化，毛泽东主席向远山正瑛发出邀请。1990年，应当时内蒙古自治区政府主席布赫之邀，年届83岁的远山正瑛到内蒙古恩格贝参观考察，其时正遇王明海带领100多人奋力在此治沙。他认定他要做的事、要寻找的人全在这里，他决定留下来，出任恩格贝沙漠开发示范区总指导。远山正瑛在沙漠上留下一串串人进沙退的足迹，老人每年3月到10月都会在恩格贝植树，10月至次年3月在日本，号召本国捐款。1995年，在恩格贝植树100万棵。1998年，在恩格贝植树200万棵。2001年，在恩格贝植树300万棵。10年的寒暑来往，恩格贝已出现一片绿洲。

凭着满腔热忱和自身的威望，远山正瑛号召日本国民每周省下一顿

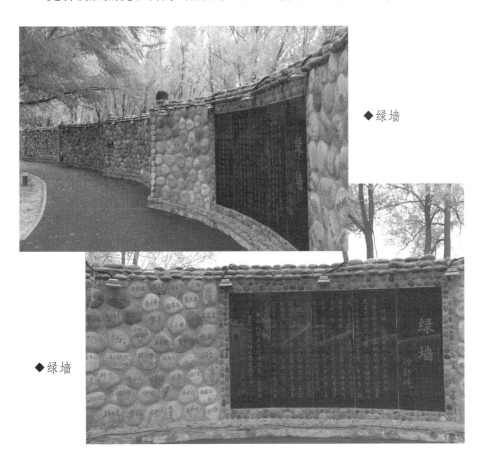

◆绿墙

◆绿墙

午餐钱，来中国植树。在他的号召下，有近万名日本友人来恩格贝搞绿化，为恩格贝的建设做出了极大的贡献。为筹集资金，远山正瑛做了多种努力，变卖鸟取老家的多处祖传家产，又在日本巡回演讲，四处筹集募捐。他还在日本影响最大的大众传媒NHK的电视演播厅，声泪俱下地向他的同胞们讲述绿化黄河两岸的意义。许多日本人被远山正瑛的精神打动，纷纷捐款、采集草籽。他们很快将1000多公斤葛藤种子送到远山正瑛手中，让他带到恩格贝。

远山正瑛曾说，日本人过去给中国添了不少麻烦，他在这里表示道歉、反省，让中国人了解他们是用种树来道歉、反省。他种树就是想表示中日友好。他的这个想法得到日本人的支持，也得到了中国人的理解。

恩格贝到了，苏和满怀崇敬地走向远山正瑛曾经生活和工作过的地方。远山正瑛纪念馆正在建设中。在纪念馆左侧，屹立着老人的雕像，老人身着工作装，脚穿胶靴，手持铁锹，眺望着恩格贝沙漠，目光里一片挚爱和期待。

远山正瑛想在恩格贝圆他半个世纪的梦——送给黄河一件绿衣，他要把恩格贝建成沙漠开发的奥林匹克村。

沙漠里，340万棵白杨生机盎然，树木迎风摇摆，它们在向这位大爱无疆的老人致敬。

远山正瑛在恩格贝种树治沙14年，直到逝世，带动1.2万日本国际志愿者自费种植约410万棵树，最后他的骨灰一半被带回日本，一半就地埋藏在恩格贝。在远山正瑛的影响和带动下，恩格贝也成为"国际志愿者精神"和"国际友好交流"基地。目前，中日青年沙漠绿化基地达到6.2万亩，中韩青年沙漠绿化基地面积达到3.2万。越来越多的国际青年志愿者正在加入绿化沙漠的队伍。

恩格贝的事业属于全人类。经略沙漠，绿色发展，造福天下，沙漠治理是人类共同面对的课题。

当地球已经成为一个村庄，当我们把人与自然和谐作为社会进步的一个标尺，在人类迈入以智力资源为依托的时代，依靠人类智慧的支撑，技术的武装，有可能实现沙漠变沃土的梦想，将干旱之地打造成"最富生产力"的空间，宜于人类生存发展的地域，给永不停息繁衍脚步的人类带来生机和希望。

额济纳，在苏和脑海飞荡……

◆远山正瑛纪念馆

第九章　必然的抉择

离开远山正瑛纪念馆，苏和走上去额济纳旗的路，他想去黑城看看一直在那里治理荒漠的日本专家，还有他们两年里种下的梭梭。

梭梭又称盐木、琐琐，属于藜科梭梭属，是生长在干旱沙漠地带耐极端高温和严寒的速生灌木。它的生命力很强，只要有水，在两三个小时内就会生根发芽，强大的根系可以深入地下13米吸水。梭梭生长在沙漠边缘，树高可达3～8米，是优质的薪炭林。千百年来，农牧民们用它做燃料，它的嫩枝可做饲料。它的树根上寄生的苁蓉（又名大芸）是一种稀有的名贵中药材。《本草纲目》记载："大芸同羊肉煮食，可治五劳七伤，腹中寒痛，强阴益精髓。"额济纳苁蓉多系寄生于梭梭树根部的肉苁蓉，素有"沙漠人参"之称。梭梭同生长在沙漠里的胡杨一样，能迅速适应干旱严酷的自然环境。物竞天择，经过大自然亿万年的选择，梭梭成了征服沙漠的先锋树种，荒漠地区的生态保护神。

在苏和的心里有一处伤疤，那是他一生的痛，无论何时触碰到，都会疼得钻心。此刻，走在去黑城的路上，他又不自觉地回想起在苏泊淖尔公社伊布图生产队时的陈年旧事。当年，为了解决生产队眼前的困境，是他组织100多名社员去黑城边砍光了大片的梭梭林。

黑城地区的梭梭和红柳曾非常茂盛，在著名探险家斯文·赫定的《亚洲腹地探险八年》中能看到这样的描述："从第二个高坡的顶端，可以隐约看到5公里外正北偏西方向处哈喇浩特（蒙古语：黑城）的围墙。不过，当我们站在哈喇浩特城的墙头，遥望西方和南方那壮观撼人的荒漠景色之前，首先得跨越眼前这如波涛般起伏的地面和一块长满了美丽的圆锥状红柳的地带。清真寺的小小建筑没有修西南角楼，我们把营地就扎在了离它不远的地方。"

俄国探险家彼·库·柯兹洛夫在《蒙古、安多和死城哈喇浩特》中对黑城地区的生态也有类似的描写："考察团来了不到一小时，死城就活跃起来，一边在进行挖掘，另一边在测量和绘图，还有人在废墟地面往来穿梭。沙漠中的鸟——松鸦来到营地，它落在梭梭枝头后就放大嗓门叫起来，沙漠中出色的歌手石鸡柔和地回应着，远处传来沙鼠的叫声……"

黑城，这颗洒落在亚洲腹地的明珠，曾在胡杨和梭梭密不透风的林海中隐没消失了700多年，直到20世纪初它才被再次发现，走入中国乃至世界的视野。

"在弥漫的蒙蒙雾霭中，人们很容易将哈喇浩特当作一个依然有人居住的地方，只有近距离观察才能发现那些被流沙覆盖而高低不平连绵起伏的雄伟城墙的真实面貌。眼前呈现出一幅非常壮观的景象：城墙被透过云层的几缕阳光染成玫瑰红色，沙丘呈黄棕色，这些色彩与淡蓝色的天幕相互映衬，形成一幅极其美妙的色彩画。"这是1931年1月贝格曼走近这座废城遗址时的第一印象。

让苏和无比痛心的是，走过辉煌，历经战火，被人类遗弃，又遭受疯狂盗掘的黑城，在漫长的岁月里，深掩在密林中保持着它最后的一丝神秘和独特。然后，他们野蛮地砍伐后，致使它彻底沦为一座被风沙蹂躏千疮百孔的死城。

◆遗落在沙漠深处的黑城

尽管他很快意识到砍梭梭行为无异于"涸泽而渔、焚林而猎"，环境意识和生态意识觉醒后，他开始积极采取恢复和补救措施，但大自然巧夺天工的杰作毁了，它经历了几千年风雨的验证，又岂是弱小的人力用几年或者几十年可以修补完成的。

苏和带领全旗百姓在巴丹吉林沙漠前用红柳筑起了几十千米的沙障，没过多久，不断涌来的流沙就把几十千米长的沙障掩埋；他又带领全旗百姓在黑城地区打下深井，种下上百亩的梭梭树。但从黑风口刮来的狂风还是把上百亩的梭梭林连根拔了起来。屡试屡败的苏和怀着忏悔和救赎的虔诚，千方百计将远山正瑛的治沙团队请来，他要在黑城地区种梭梭林。

2002年，苏和与远山正瑛签署了一份治沙协议。协议约定由苏和筹集项目资金，日本沙漠绿化实践协会负责管理并派出技术顾问，雇当地的农牧民在黑城地区种植梭梭固沙防风。

双方的合作从这一年开始，按协议规定，苏和筹足资金的同时提供必要的支持和帮助，日方也派出专家和管理人员到黑城地区。梭梭种植工程已进行了2年，苏和想去看看项目的进展情况，梭梭的长势和规模。他对远山正瑛治沙团队充满了信心，他们能在恩格贝沙漠种活340万棵白杨树，一定也会在黑城地区创造绿色奇迹。

汽车在戈壁路上疾驰，一路烟尘。车窗外，无边的荒漠宏大壮丽，不时传递出阵阵空旷的悲凉。距离黑城还有约300千米的路程，他让司机加快速度。无边的静默中，他心生憧憬，思绪从恩格贝的绿荫联想黑城边的图景。2年了，日本专家种下的梭梭应该是绿树成荫了吧！根据他与远山正瑛的约定，他估计在黑城边种下的梭梭已经形成了一定的规模。想到这些，他的心宽慰了很多。就在这时，苏和的手机响了起来，电话是盟委办公厅打过来的，通知他原定几天后的论证会要提前到明天召开。这批新项目的论证是由苏和主持的，他只好中途折返，又奔向巴彦浩特。

自西部大开发实施以来，国家加大了对西部地区的投入和扶持力度，内蒙古自治区阿拉善盟也以此为契机，加大对基础设施、生态重点项目、扶贫项目等的投资力度。作为这些重点项目工作组的组长，为了推进和落实项目，苏和几乎没有休息的时间。他也不想休息，一想到用不了太久，多批重点项目就要落地，阿拉善也会像中国的其他地区一样，在改革开放和西部大开发中迅速崛起，他就会抑制不住亢奋。

阿拉善以坦率、博大、感恩、进取的姿势，响应着时代的号召，阔步前行。孤独和偏远将不再是这片土地的代名词，它会拥有更多的活力，它也将迎来更多的机遇与挑战。

时间已进入6月，正在忙碌的苏和突然接到从额济纳打来的电话，电话那边说黑城治沙活动已宣告失败，日本专家分批撤走了，让苏和尽快去黑城解约。

苏和仿佛听到惊雷一般，浑身颤抖起来。

在恩格贝治沙取得成功的远山正瑛团队，却在黑城地区以失败告终

了，这怎么可能？

恩格贝能治理，黑城也一定能治理，失败了，一定是哪儿出了问题。他思索着导致失败的种种可能，无论如何，他都不相信这会是日本人在黑城治沙2年的结果。

苏和要留住日本的治沙团队。

苏和自己驾车向黑城赶去。从他眼前闪过的是巴彦浩特通往额济纳旗公路两旁绿油油的牧场和农田。随着西部大开发的持续推进，阿拉善的旅游业得到发展，往来的游客或争相奔赴六世达赖喇嘛生活过的南寺，或去茂密的原始森林、浩瀚的沙漠秘境游览探险，人们的表情平静祥和。一切都在向好的方向发展，可黑城治沙怎么就出了问题，他百思不得其解。

他必须尽快赶到，他要弄清其中的原因。

汽车进入额济纳向黑城驶去，已经很近了，苏和的心更加忐忑，一不小心，把车开进了沙坑，过了半天，他才从车上下来，费力爬出了沙坑。

四野茫茫，苏和有些着急。

这时，他看见一个牧民正骑马赶着羊群出现在不远的地方，苏和向对方走去，发现那个牧民神色焦急慌乱，苏和猛地转身向远方望，不禁吓了一跳，远远的地平线上空悬挂起一道极其宽广厚重的大幕，那个大幕急速扩大，从暗红色到很浓的黄褐色直至黑褐色。作为经历过无数次沙尘暴的额济纳人，苏和知道黑风暴又要来临了。

牧民顺着黑风暴来临的方向赶着羊群，苏和大声地喊着，阻止他继续前行，让他改变方向，人和羊群怎么能跑得过狂风！牧民似乎什么也没听见一样，苏和着急地向他跑去，让他快停下。

苏和终于追上牧民，牧民认出了苏和。

"达拉嘎！"

"赶快，把羊赶到大同城。"苏和大声喊，牧民也突然意识到了什么，两人迅速赶着羊群跑进大同城。

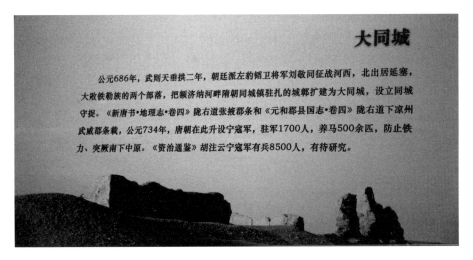

大同城

公元686年，武则天垂拱二年，朝廷派左豹韬卫将军刘敬同征战河西，北出居延塞，大败铁勒族的两个部落，把额济纳河畔隋朝同城镇驻扎的城郭扩建为大同城，设立同城守捉。《新唐书·地理志·卷四》陇右道张掖郡条和《元和郡县国志·卷四》陇右道下凉州武威郡条载，公元734年，唐朝在此升设宁寇军，驻军1700人，养马500余匹，防止铁力、突厥南下中原。《资治通鉴》胡注云宁寇军有兵8500人，有待研究。

◆大同城

大同城，因多圈马群、套捉坐骑而又称马圈城。此城建于唐朝中期，前身是北周宇文邕的大同城旧址，也是隋唐大同城镇和安北都护尉的治所所在地。唐朝在此设置宁寇军，以统辖该地军务。

"快把马给我用一下，我去趟黑城。"苏和焦急地对牧民说道。

"不行，黑风暴来了，这太危险了！"

天地已昏黄一片，沙幕以惊人的速度扑面而来，一种极重的像鼓的声音伴着风的呼啸铺天盖地席卷过来，似要将大地上的一切都掩埋扫尽。

苏和骑看马飞驰，黑风暴以排山倒海之势在向他逼近。

苏和策马奔上黑城前20米多高的沙丘，看到沙丘下一座孤零零的蒙古包。在黑风暴马上要席卷他的那一刻，他一提缰绳，马腾空而起向着下面的凹地飞去。刹那，周围已是一片黑暗，有重量的黑压得他喘不过气来。风暴裹挟的沙子和石子打在他的身上脸上，他赶忙把头埋进臂膀里，尽力不让沙子飞进耳鼻、眼睛和口中。沙暴的空气中氧气稀薄，苏和感觉胸快炸开，耳朵失聪了一般，只有大地发出的混乱的隆隆声来回飘荡着。

苏和的身边激荡狂卷着沙浪，他感觉沙子已埋过膝盖。不知过了多久，黑风暴强风头过去，黄风还在刮着。他费劲气力把腿从沙子里刨出来，又挖出被埋了半截的马，拍了它一掌，马又飞驰起来，带着他向前冲去。

苏和艰难地走向蒙古包，半天才打开包门，蒙古包里一片漆黑，听见有人走了进来，一个正在哭泣的妇女发出惊喜的呼喊。

"黑河，是你吗？"

"我不是，我是来找日本专家的。"苏和什么也看不到，顺着呼喊声，他回答着。

听见有人说话，妇女又哭了起来。苏和大声问她出了什么事，妇女哭着说，日本治沙队分批走了，留下的那个小伙子，从昨晚走出去就再没回来。她的丈夫出去找，可直到现在也没见人……

苏和惊出一身冷汗，在额济纳旗的沙漠戈壁上，每当刮大风经常会有人因迷路遭遇不测，人口失踪或死亡的事情几乎是年年都有。他顾不得多想，问清了小伙子叫黑河，就匆匆跑出蒙古包，顶着大风四处寻找。苏和想呼喊日本专家的名字，才一张嘴，沙子就飞进喉咙，他在大风中失声了。

苏和是在沙漠戈壁里出生长大的，方向感极强。他在蒙古包周围找了个遍，没有找到人，他的心越发紧张起来。

风逐渐小了，地面上凸出的一地东西渐渐依稀可辨，一大片成行成列的沙丘印入他的视野。苏和一阵愕然，这不是11年前他与额济纳旗百姓亲手种下百亩树苗的地方吗？可梭梭哪里去了？怎么只有这坟冢一样的沙丘？再往前走又是一片点状密布的沙丘，苏和记得，这是2001年的春天远山正瑛种下1000棵梭梭的地方。突然，苏和看到洼地里还有一大片梭梭林，他奔了过去，像见到了久别的亲人。然而，这里的梭梭也枯死了一大半。这难道就是他与远山正瑛团队合作2年多所取得的成果吗？他的心痛到了极点。

就在这时，苏和看到不远的沙坑里伸出一只手，他立刻下意识地跑了过去，把人拉了上来。这个人头发蓬乱、胡子拉碴，除了牙齿，满身满脸都挂着黄尘。被拉上的人嘴里吐着沙子，慌乱地拍打着身上的沙

◆沙漠里稀稀疏疏的梭梭

尘，问过后才知道，他正是黑河。黑河自我介绍说，他是远山正瑛治沙团队的技术顾问，长期跟随远山正瑛在恩格贝植树。苏和也记起远山正瑛说过，他手下有几个对荒漠化治理有丰富经验的年轻人。黑河委屈地说，黑城地区环境和气候太恶劣了，远远超过库布其恩格贝沙漠多少倍，当然也超出了他们的预想。因此，在没有找到能应对解决黑城地区沙漠治理的方法前，他们种下的大片梭梭树几乎全部死掉。日本的专家团队面对黑城束手无策，就分批撤走了。他之所以留下，是等着苏和前来解约。

苏和问他为什么会掉进沙坑里，为什么昨晚会离开蒙古包跑到这么远的地方来？黑河呜呜地哭了起来，他说起了在这里备受煎熬的日子，2年了，种下的大片梭梭不断枯死，他们却找不到原因。这里的饮食、气候和环境，他们都不习惯。夏天，外面像火炉炙烤，蒙古包如蒸笼一样。冬天，气温骤然下降至零下40多度，滴水成冰。吃饭时，一碗饭里有半碗沙子。尤其同伴都走后，他简直要疯了。昨晚他索性跑出来跳进沙坑里睡觉。这一晚，他睡得很香。天亮了，因为沙坑太深，他怎么都爬不上来。后来起风了，他只能躲在里面。大风过后，沙坑里又刮进不少沙子，差点把他给埋了。

黑河生长在海洋性湿润气候的岛国，来到这荒蛮的沙漠，又怎么能够适应。望着眼前这个面容憔悴的年轻人，苏和的心里涌上阵阵怜悯和难过。2年了，他们在这里吃不好、睡不好，备受煎熬，忍受着极端恶劣气候和环境的折磨。除了这些，他们还要忍受精神上的孤独与寂寞，是应该解约让他们回去了。

苏和改变了当初想挽留他们的想法，他们尽力了。

黑河流着泪对苏和说："我们实在干不下去，只好走了。这里风沙太大，不好种树，苏长官也最好放弃。如果连我们日本人都种不活，那你们中国人……"

苏和一怔，他被这句话刺痛了，而黑河还在絮絮叨叨地说个不停。

"这里不好，这个地方不能造林，我们日本人造不出，你们更造不出来。"

猛然间，苏和想起远山正瑛曾经对他说的那句话："你们中国，沙

漠治理的专著不少，但实干的人不多。"苏和感到一阵胸闷，热血一下子涌上脑门。日本人造不出林，难道中国人就造不出吗？这是什么逻辑！中国，真的是治理沙漠的专著很多，实干的人少之又少吗？中国人的事，只能靠中国人自己来解决！

想到这里，苏和做出一个决定。他笑着拍了拍黑河的肩膀说："那我们就拭目以待吧，你也不必待在这里了！"

见苏和这么爽快地答应，黑河露出惊喜的笑容。

"如果你们还想在这里造林，我们就给赞助一点。"黑河很是慷慨的承诺着。后来，笔者采访苏和老人时，谈到这一段，称赞日本专家对黑城的情谊。苏和笑着说："不，日本人狡猾狡猾的，他们在黑城治沙失败，没经过我方同意就撤走专家，根据合同法的规定，他们已经违约。他们主动提出补偿，是为了避免诉讼。另外，日本治沙绿化协会到这种树，他们缺乏管理，补水不及时，所以梭梭苗都死了。"

很快，苏和与黑河办理交接手续。其实，除了百十棵活着的梭梭树，也没有什么了。寻找黑河的人也回来了，这对蒙古族夫妇是为日本专家提供生活和工作上的帮助的。见两人交接完毕，黑河要走，他们开始拆蒙古包，准备离开。

黑城地区已归于死寂，望着戈壁滩上连绵的黄沙，苏和又陷入深深的忧虑之中。

已是黄昏时分，沙尘仍在空中悬浮游移，整个黑城了无生机，曾经水天泽国、百鸟朝凤的额济纳早已不知去向。这片区域已经成为额济纳人的一块心病。

据资料记载，黑城地区的沙尘暴，从公元前3年至1949年间，共发生70次，平均30年一次。到了20世纪50年代至80年代共发生35次，差不多一年半发生一次。进入90年代，这里的沙尘暴就更加频繁。额济纳河的问题是解决了，可黑城地区的生态问题若不彻底解决，沙尘就会不断地袭扰。

达来呼布镇通往内地的八道桥公路，这些年已经改道3次，改道的原因就是这里的沙漠不停地扩展，把几次修好的公路掩埋在沙中。巴丹吉林沙漠借助黑风口的风力肆意扩张，估计用不了十年，沙漠就会将这

◆被沙漠吞噬的城墙

片区域覆盖，到那时，丝绸古道也会埋进巴丹吉林沙漠之中。

　　苏和登上黑城10米高夯筑的城墙，猜想着多年前这里迷人的景色。这里曾是西夏人和蒙古人的重镇，它曾经的繁华不亚于现代的大都市。风中的城墙千疮百孔，有一部分肯定是刀枪和盗掘所致，但更多的是风蚀的结果。连年的吹袭，于无声当中摧毁着人们眼中自以为坚硬的东西。这座城堡，它那壮丽的形象和耐人寻味的传说以及它在丝绸之路上的重要作用，让人振奋和激动，而它由繁荣富饶变为荒凉之地，并被外国探险家肆意挖掘的不平常经历，又让人痛心和深思。

　　苏和的耳畔忽然卷起万马奔腾和铁器撞击的声响，是古战场，他似乎看到戈壁混战和黑城毁灭的情景。那是黑城的最后时刻，明朝大将冯胜已打到黑城下，发起无数次攻击。但是，由于黑城兵精粮足，并有一条连着额济纳河的暗河直通黑城，致使冯胜久攻难下。当冯胜得知，守城的哈喇巴图将军已派出信使向西面的汗国求援，便想阻断援军和周围城池部落的联系。但如果不能切断黑城的水源——额济纳河，最后的胜负依然难料。于是，他令士兵在额济纳河上游用头盔盛土筑起沙坝，使额济纳河改道，切断了黑城的水源供应。

　　哈喇巴图决心决一死战。他的女儿为了救他，孤身去与冯胜谈判，她说他们愿意投降，请明军暂停攻击。她回到黑城请求父亲打开城墙的西北角突围，把她一个人留在城里。哈喇巴图肝肠寸断，但最终还是答应了女儿的恳求，在夜色掩护下突围而去。

　　黎明破晓，哈喇巴图的女儿履行承诺，打开西门，然后走上13米高

◆瞭望塔

的覆钵式塔，从上面跳了下来。冯胜的大军扑了个空。当地一直流传着就在冯胜暂停攻击的夜晚，哈喇巴图的女儿将80车财宝投进一口枯井中，随后她念动咒语，那口井自动封闭，没有留下半点痕迹。

由于截断了水源，冯胜和他的军队只能放弃这座城堡。自此，黑城在猎猎西风与漫天黄沙中一天天风化，在历史的尘封中沉睡了700多年。

一位诗人曾这样写道："我们爱着的，总是被风吹远／在时间的遗迹上，一条腐烂的马缰／与一座城池，一个人及其命运／都会是一把松散的黄沙／在梦境聚集／在白昼和黎明，肉体般短暂，又灵魂般遥不可

及。"诗人悲伤而又充满无奈与留恋的情绪，传递出人类对文明消逝的挽歌。

19世纪末，俄国探险家波塔宁在他的回忆录《中国的唐古特——西藏边区与中央蒙古》中提到了这里，他是第一位从历史典籍中发现西夏（唐古特是西夏的别称）古城的西方探险家。然而，他与1899年第一次来额济纳寻找黑城的俄国探险家科兹洛夫一样，遍寻很久，都没有找到隐藏在林海中的黑城。

1908年3月，科兹洛夫带着哥萨克骑兵再次来到额济纳旗，他们扣压人质，逼迫当地人带他们找到黑城并开始持续了十余天的盗掘。科兹

◆藏宝井

洛夫在这次盗掘中发现大量的西夏文手稿、书籍、钱币和一些佛教祭物，所盗物品装满了10多个大箱子。第二年，也就是1909年5月，科兹洛夫再次来到这里，又进行了持续一个多月的盗掘。他在距城墙300米处的西夏墓地的舍利塔内发现堆积如山的宝藏，其中有手稿、书籍、卷轴画、铜像、木雕以及小型的舍利塔等。

尽管科兹洛夫对黑城进行了2次疯狂的盗掘，但传说中的80车财宝始终没有找到。这些未被发现的财宝，时刻激起所谓的探险家们的觊觎。

从城墙上走下来，苏和向达来呼布镇走去。

凌晨十分，他和儿子带来了车，带来了人，才把汽车拉出沙坑。

在众人的劝说下，苏和不再坚持。他答应了儿子开车送他回去，他确实累了，坐在车上没多久就睡着了。沉睡中，一片蔚蓝的大泽又向他走来，他骑着蓝色的儿马在水泽居延飞翔，很快飞过绿洲来到黑城面前。黑城西北角那高高的佛塔闪着耀眼的金光，城内的官署、府第、仓敖巍峨高耸，各种肤色的游人如织，还有驼铃声声，不绝于耳。突然，狂风骤起，黑城迅速褪去明丽的颜色，整座城池瞬间被沙尘湮没，蓝色儿马也消失得无影无踪了……

天亮了，苏和回到了巴彦浩特，向组织部门递交了提前退休的请示报告。苏和申请提前退休的事，像在平静的水面投下一颗重磅炸弹，在盟委激起不小的波澜。尽管组织部和盟领导听了他的陈述非常感动，但

不同意他提前退休。

大家一致认为，苏和是一位不可多得的党政领导，工作有热情，处理问题果断，工作有想法，思路清晰并勇于创新。在西部大开发战略实施的关键时刻，尤其要发挥他的作用和能力。他去黑城治理荒漠，他们一百个赞成，但那要等到他正式退休以后，他现在提出，他们坚决不能同意。组织部门也出面给他做思想工作，希望他赶紧调整自己，把精力重新投在他负责的重点项目中。但苏和的态度很坚决，他去意已决。

回到家，苏和对妻子德力格说出了他的决定，妻子默默地哭了。这么多年，苏和已累得一身是病，如今，他竟然要带着病去环境那么恶劣的黑城地区种树。德力格给儿女和亲友都打了电话，很快，儿女和亲友们都赶来给他做工作，劝他放弃这荒唐的决定。

苏和要去黑城，所有人都不同意。

他要提前退休去黑城的事已经在阿拉善盟传开，一时间议论声不绝于耳。有的说他是厅级干部，退休后也会有非常好的待遇，干吗要去那里折磨自己；有的说他是想出风头，才会这么着急等不到退休；还有的说他是老糊涂了，或是他想去黑城挖宝藏……

面对种种猜测，苏和默不作声。妻子德力格了解他，知道他一旦做出决定就不会再更改。她心软了，怕这样下去会加重丈夫的病情。于是，她悄悄地对苏和说："我和你去，我们一起去，我们回家。"

苏和听妻子这么说，激动得流下了眼泪。这是妻子对他莫大的支持和理解，可是他又非常内疚，他一直没能给妻子好的生活，这么大年龄了，还要连累妻子跟他一起到黑城。

苏和又写了一份提前退休的申请，第二天便交了上去。组织部和领导见他的态度这么坚决，也无法再给他做工作，他们开始认真研究，走组织程序，他的退休申请被批准。

已进入7月，正是黑城地区最难熬的季节，阳光异常灼热。人们见苏和去意已决，也不好再说什么，只是劝他等过了这段酷热再走也不迟。苏和笑了，说："如果东也怕西也怕，那还能在那里待下去吗？"既然已经下了决心，就要硬起头皮应对一切困难，苏和已做好了准备。

汪国真说，既然选择了远方，便只顾风雨兼程。诗人的远方浪漫而富于诗意，而苏和的远方更是一种真正意义上的风雨兼程。后来的一切证明，他付出的绝非是汗水、满头白发、心血乃至于健康，若非坚强的意志、坚定的信仰、矢志不渝地对家乡的热爱、对绿色的追寻和对文明的守候，换不来今天我们所看到的这一切。之于额济纳，苏和说，他感觉是这里的家长，他在这里出生、成长，又在这工作那么多年，除了爱，更多的是责任。

苏和退休的消息传得很快，不少企业和公司的领导或负责人闻讯赶来，苏和的家里一下子热闹起来。他们纷纷开出大价钱，许诺给他股份、住房、轿车等，请他加盟自己的企业。他们知道苏和有着广泛的人脉，他不仅与阿拉善盟的各级政府、驻军、基地关系良好，对边境口岸情况也非常了解，他与蒙古国政商界保持着多年的联系，这对他们开展贸易、征地、开矿、接工程都有巨大的好处。

然而，所有来找他的人都是兴冲冲而来，扫兴而去。

至于这件事，笔者去黑城采访苏和老人时曾问起他当时是怎么想的，苏和老人笑着眨了眨眼，说："我是一名党员，我有我的党性和原则，别听他们说得好听，答应给我很多的钱，那是把我往风口浪尖上推，如果我答应了，好多问题就不好处理了。他们让我干的事一旦涉及土地问题、草场问题、牧民问题、环保问题、排污问题怎么办？我可不能做那些有损国家利益的事情！"

"您提前退休，本来有三条路可走，一是安享晚年，二是所谓的发挥余热，三是去别的地方治沙。可您都没选，却偏偏选择来黑城治沙。如果非要治沙，您也可以去环境和条件稍好一些的地方啊？"

"我是共产党员，能与民争利吗？"苏和平静地回答道。

在西风最凛冽的地方，苏和留了下来，营造绿洲，扼住流沙。他说他不仅与这方水土血脉相连，更重要的是还有一份压在肩头上的深重责任。

交谈中，给笔者印象最深的是苏和老人那张明快的脸。那种明快，就像亘古不灭的光，就像那永远高悬于我们头顶之上的天空，不论生活会出现多少阴霾，终将云开雾散，终将会遮盖不住那种感人至深的灿烂和晴朗。

16千米的梭梭林就像一条绶带，赞美着苏和老人的坚守和忠诚，赞美着他的顽强不屈的追求和品格，赞美着他的勤劳与智慧，也赞美着他的热血奉献和一名优秀共产党员的初心不忘。

"整个西安，充斥着中国历史的古意，表现的是东方的神秘，阙阂阁是一个旧的文物，又鲜活活是一个新的象征。"贾平凹为《大西安印象》作序如是写道。黑城亦是如此，在苏和老人的心里，黑城是历史的、东方的、文明的，而必将又是未来的，它不会湮灭在风沙中，也不会消失在人们的视线和记忆里。

伯兰特·罗素说："只有在真理和梦想，现实和勇气的构造中，只有在坚定的绝望的基础上，灵魂的居所才能够安全地建构起来。"苏和老人升华了我们常人无法抵达的一种人生，那是生命的终极意义。行走在黑城，每一步好像都能听到战鼓在敲响，每一步好像都能望见绿色撬动。苏和给我们留下的是人间奇迹，他以他的胸怀、他的赤子之心，给我们书写一部永远读不完的书，永远挖掘不完的历史记忆。苏和是一个时代的符号，它带给我们的不仅仅是一片绿幽幽的梭梭林，他留下的是一部需要众多后来人深深领悟的精神教科书。

◆一棵梭梭能锁住 15 米高的沙丘

第十章 走进黑城

　　苏和一个人先去黑城，这是他与妻子德力格商量后做出的决定。这时的黑城地区没有水、没有房，妻子去了也无处安身。他叮嘱妻子接到他的消息后，再从巴彦浩特动身。11年前，苏和带领巴图孟克等人打下的那口深井，现如今已经被流沙掩埋了。过去的2年里，日本人的生活用水和浇树用水全是靠那对牧民夫妇从36千米外的达来呼布镇往回运。苏和要先去黑城想办法找到水。"那地方很少有人去，又天天刮风，你去了不要太累、太拼命了，要照顾好自己，不要忘了定时吃药、打针。那儿风沙大，你也得注意鼻炎，还有血压……"虽然是两个人商量好的事，但德力格还是不放心丈夫一个人走。从2000年起，苏和的糖尿病就加重了，每天要打2次胰岛素。除此之外，苏和还患有高血压，脚上的骨刺疼起来也是要命。

　　2017年仲夏，笔者到黑城采访苏和夫妇，当问起他们当初决定到黑

城时是一种什么样的心情时，苏和老人看着老伴儿有些难过。他说：
"我这辈子欠老伴儿的太多了，年轻的时候干工作顾不上顾家，原本打算退休就可以带她出去旅游旅游，或是享享天伦之乐。可额济纳当年的生态状况，实在是让我放心不下。为了植树造林，只能把她带在身边，要不然她也不放心我。"说到这些，苏和老人泪光闪动。

"那是2004年，我们住在盟里，他跑了一趟额济纳，回家就宣布要到黑城种树，也没跟我商量，我当时是有点接受不了的。后来，我就给孩子和亲戚打了电话，可谁也劝不了他。我再劝他，他急了就一句话，'心愿不了，这辈子不安心。'听了这句话，我也就接受了。再说，我也是额济纳旗人，对这里也是有感情的。他想为家乡做点事，你说，我能阻挡吗？之后，他又做通了孩子们的工作，我们就来了。"德力格非常平静地说道。茫茫沙海，为了守候一份文明，为了营造一个绿色家园的梦想。他们就这样走了进来。如果说当下真爱、永恒、奉献、情怀等这些牵动人心的情感品质已经缺席，那么眼前的苏和夫妇就是一份最闪耀的证明。美好从未缺席，只要我们去寻找，你会发现它们真真实实地存在着。

"额济纳的天空是最美的。"苏和经常这样讲。拉马丁曾说过，人是从天上降落到地上的神灵，所以他无时不在怀念自己的天空。从苏和深邃的目光中，我似乎读懂了这个太阳升起的地方，就是他心灵永远的归宿，是他们仰望的最美的天空。此生无论走多远，无论走到哪儿，他都会选择回来。

艾青说："为什么我的眼里常含泪水，因为我对这片土地爱得深沉。"这也可以用来描述苏和夫妇之于故乡额济纳的情感吧！

"羁鸟恋旧林，池鱼思故渊。"这是世间生灵共有的乡愁。

要出发去黑城了，儿子苏虎庆把父亲的日常用品装上车。为了避开黑城灼热的太阳，他们选择下午出发，盛夏的黑城地表温度最高时能达六七十度，蒸发量更是大得惊人。

出发前，苏和换上一身迷彩服，戴上迷彩帽，他神情庄重，像去赴一场非常重要的约会，更像一位即将出征的将军。他再次叮嘱老伴儿要等到他的消息后再动身去黑城。说完，苏和迈着大步走出了家门。

前一晚刚下过雨，这一天的巴彦浩特难得舒爽湿润。苏和坐上儿子苏虎庆的越野车，在午后的宁静中奔向黑城。

越野车驶出巴彦浩特，戈壁、大漠、蓝天、流云齐刷刷地涌进苏和的视野，浩渺的大自然让苏和心生感慨。从这一刻起，他就要真正走近大自然中，走进额济纳。回家了，他的心中掠过阵阵激动和向往。

车到黑城已是凌晨三点，儿子苏虎庆想留下来帮他几天，苏和让儿子赶紧回去，别耽误第二天的工作，说完转身就走了。望着父亲远去的背影，苏虎庆心里一阵难过，父亲就要在这荒无人烟、气候异常严酷的地方展开他的治沙植树事业了。之后父亲面临的厄境和困难，苏虎庆想都不敢去想。可是父亲一旦决定的事，他是不会改变主意的，这一点，苏虎庆比谁都清楚。后来，为了能够就近照顾父母，苏虎庆还是从外地

调回额济纳旗工作。

这一晚，黑城地区比往日凉爽些，银月如弓，繁星满天。苏和望着与风沙交战了数百年，承载着深厚文化又历经沧桑的黑城，心中涌起阵阵酸楚、敬重和仰视。寂寥无声的沙漠之夜，闪烁的星光下，从遥远的天边仿佛还隐隐传来一阵渐渐遁去的驼铃声。苏和的思绪飞到了远方，脑海中浮现出这座西夏国的重要商埠和元朝在西北地区的最后一座军城曾有过的繁华。

前面已经提过，已被土尔扈特人驱逐出境的科兹洛夫再次来到额济纳，并采用一些手段终于找到了隐蔽在密林中的黑城。由此，科兹洛夫

◆被风蚀的城墙

在黑城展开了疯狂的盗掘，他将黑城周围30多座佛塔的塔身和塔基——刨开，从中找到大量西夏、宋、元不同时期的书籍、文书、手稿、佛像、绘画等，其中仅书册、画卷和单页手稿就有2000多份，佛画300多幅。科兹洛夫的野蛮挖掘，使黑城80%以上的西夏佛塔几乎被毁。但科兹洛夫并没有就此罢休，他要掘地三尺，找到传说中哈喇巴图将军埋在枯井里的那些金银财宝。科兹洛夫翻遍了东街、正街两侧的店铺作坊，挖掘了总管府和佛寺遗址，终于找到了传说中藏宝的枯井。挖到一定深度后，他的两个随从突然掉到枯井，昏迷不醒，等救上来早已命丧黄泉。就在这时黑城上空突然刮起了黑风，飞沙走石，昏天黑地，狂风一连刮了三天三夜。

科兹洛夫最终没能找到传说中的金银财宝，但是他从黑城发现的西夏文物比他一年前搜刮的更为丰厚。其中既有西夏译自汉文典籍的《论语》《孟子》《孝经》《孙子兵法》等，也有西夏人自己编写的《文海》《音同》《杂字》《圣立义海》等字典、辞书。用科兹洛夫的话说，简直是"好得不能再好"了。其中，最为珍贵的是《番汉合时掌中珠》——西夏蕃书和汉字的双解词典，后人正是根据这本书才得以解读那段斑斓的岁月。科兹洛夫分2次用骆驼驮走的，是中国西夏王朝190多年的历史。当他在圣彼得堡夏宫向尼古拉二世展示他在黑水城的"伟大发现"后，这位俄罗斯探险家顿时蜚声西方探险和考古界。然而，最令他刻骨铭心的记忆却是那场令人恐惧的黑风。晚年，科兹洛夫在回忆录中将黑城称为"死亡之城"。据说他在1935年去世时，科兹洛夫身边的

人还听到他念叨着黑风中从枯井里钻出来的两条蟒蛇，一黄一黑，喷着黑烟，逶迤着向他扑来……

◆《俄藏黑水城文献》

科兹洛夫之后，1915年夏，英国人斯坦因率中亚、西亚探险队来到黑城，又发掘了230册汉文古籍和57件西夏文书。这些古籍和文书，现存伦敦大英博物馆和印度新德里博物馆。

1923年冬，美国人兰登·华尔纳和霍勒斯·杰恩来到黑城，发掘10

天，所获寥寥无几。

1927年9月，瑞典人斯文·赫定率西北科学考察团来到额济纳，经黑城得到一本元刊本的《大藏经》，现保存在斯德哥尔摩的民族博物馆。

1930至1931年，中德西北考察团在黑城发掘出1万多枚居延汉简。1937年卢沟桥事变后，这些汉简被运至香港，1941年又被运往美国，现存放在美国国会图书馆。

黑城被洗劫一空，21世纪的人们，除了从历史地图上寻找其昔日的坐标之外，再也看不到历史上辉煌闪耀的黑城。沿着弱水曾经的古河道，去探寻戈壁中伤痕累累的这座古城，河泥夯筑的城墙高高地悬在旷野中，一截截裂开的豁口上留下了过往岁月斑斑驳驳的痕迹。经年不息的风尘裹挟着西夏李孝文王的皇后燃起的幽幽檀香，没有喧嚣，只有那些挥之不去的秘密和横空弥漫的阵阵冰凉。

苏和走到距离黑城不远的朝鲁昂格次的采石场遗址前，这是一处已存在上千年的古代采石场，采挖的石料主要用以加工石碾、石磨等生产工具。黑城遗址区域内遗留的石碾、石磨就来源于此。可眼下，许多石碾、石磨已不同程度遭到了破坏，甚至有人动起了偷盗它们的念头，苏和想，必须尽快将它们转送到文物部门。

苏和不断地向前走去，他要走遍整个黑城地区，再选择植树的地方和范围，只有选准了风向，划定给黑城造成严重影响的风的范围，他的治沙才能成功。

走着走着，一片枯死的胡杨林兀然出现在苏和眼前，他仿佛走进一片古战场。这些或卧着或挺立的胡杨，如额济纳大地上的其他物种一样，对水无限渴望。它依水而居，生命力极强，在这片壮美的土地上伴着古老民族的生存史诗，顽强地走到水干涸的那一刻，在与自然斗争之后，倔强地枯亡了。望着眼前白骨一样的胡杨，苏和一阵眩晕。

◆枯死的胡杨

东方出现曙光的时候，苏和也选定了16千米长、500米宽，2.3万亩的造林范围。这片区域正好迎着风口，他选择在这里，准备形成防护林片区，分片将移动的沙丘控制住，扼住黑风口的狂风。

太阳很快升了起来，黑城热浪蒸腾。

苏和来到黑城西南角那座小清真寺里躲避难以忍受的酷热。一股一股沙尘毫无头绪地刮进无门无窗的小寺里，风是滚烫的。苏和有些支撑不住，他感到头脑发胀，神志有些昏迷，脑海里逐渐出现了一个又一个的影子，好像很熟悉，又好像在哪见过，可瞬间，一个个影子消失不见，大脑里一片混沌恍惚。后来，苏和回忆起那天的感受，他说，沙漠里极度酷热，加之疲惫，再加上刚刚来这还没有完全适应环境，他的意识已经不是很清晰，产生了幻觉，以致差点晕厥过去。

下午4点刚过，从远处走来几位老人。他们是听说苏和到黑城造林的事，主动跑来帮忙的巴依阿拉、阿木伦、宝力道，还有格宁。在以后的10多年里，这几个人也常常过来帮忙。他们没有报酬，也不需要报酬，大家是各自带着水和干粮来义务劳动。他们是奔着苏和来的，他们也是奔着这座魂牵梦系的沙漠古城来的。

苏虎庆雇车运来了苏和投资3万元买来的材料，从那一刻起，苏和与几个老人就开始做围栏，直到十几天后，他们才把16千米长，总计2.3万亩的土地围封起来。

接着，苏和和他们一起在黑城周围方圆几千米的地方逐一搜寻散落在荒漠戈壁中的石碾、石磨。由于这些文物非常沉重，搬动起来很费力，苏和好几次差点受伤。最终，他们将搜寻到的石碾、石磨辗转送到博物馆。采访时，苏和指着一个圆圆的磨盘说道："这是手工磨子，这是宝，留下来作为历史的见证！我们这个地方，过去农业是相当发达的，汉代、唐代都有人，而且还比较多，当时水也比较多，现在是我们

吃人家的鱼，过去呢，是人家吃我们的鱼。"这是苏和之于家乡悠久历史文化的自豪、自信，这些遗存在岁月风烟之后的文明载体，他视若珍宝。

在历史上，黑城因为水源丰富而一度繁华兴盛，又因为水的枯竭而瞬间衰落。在黑城植树面对的头等大事，就是解决水的问题。苏和凭着当年的记忆，找到那眼被流沙掩埋的深井。他们又花了十几天时间掏井，井水水量仍很充足，这令苏和非常高兴。有了水，种树就有希望，他和老伴儿就能在这里生活下去。

在最热的季节，老伴儿德力格来了，苏和在水井旁扎起一座帐篷，和老伴在沙漠里安了家。他们的皮肤很快被风吹开了裂口。怕烧柴破坏生态，不做饭烧水，饿了，吃买来的馒头和咸菜；渴了，就喝冰冷的深井水。苏和唯一的奢侈品是妻子为他备好的糖，血糖低时就吃几口。

俗话说，隔行如隔山。搞了几十年行政工作的苏和对造林技术及树种特性了解甚少。在开始准备植树造林前，他去额济纳旗向专业技术人员虚心请教，还查阅了大量资料，这为以后的植树造林，进行育苗试验、总结抗旱栽植技术、选择培育适宜黑城地区生长的梭梭树种提供了基本保证。

额济纳旗林业局副局长杨雪琴回忆："2005年初，我在额济纳旗林业站工作。苏和老人来找我们，说他在黑城种梭梭，担心种不活，想请我们去做一下技术指导。苏和老人非常谦虚，也特别诚恳，在我们这些年轻人面前没有一点儿领导的架子。树坑应该挖多深，要浇多少水，怎么育梭梭苗，怎么灭鼠，他都向我们做了详细了解，有时担心记不住，手里还拿着个小笔记本随时记录。

"春天的额济纳旗风沙大，好多人都戴着帽子和口罩。可是苏和老人为了方便和我们交流，从来不戴口罩，嘴上都裂开了口子，手上不是血口子就是磨出的茧子。看着老人拉着小水车一株一株地浇灌梭梭苗，大家真是感动。"

深夜，苏和乘坐儿子苏虎庆的车向400多千米外的吉兰泰镇出发，他们要去购买梭梭树苗。一路上不是戈壁就是沙坑，车子剧烈颠簸，这不免令苏和担心。他们没有专用车，路程又远，2万株树苗要装在车后面，回到黑城还能不能符合种植的标准，这都是未知数。果然不出所料，当他们奔波一天把树苗拉回黑城，好多树苗已经被风吹干了。

植树造林是体力活，一棵树苗要浇2桶水，每桶水40斤，全是苏和夫妇用手拎。实在拎不动，他们就一起抬水，累了，他们就背靠着背歇上一会儿。黑城周围的土地非常坚硬，当地的牧民曾哀叹道："这里的土地已经完全石化了。"挖起来特别费劲，黑城风沙肆虐，经常是他们头一天费尽力气挖好树坑，第二天又被沙子埋平。

自来到黑城，他们生活饮食就变得不规律起来。在饮食上，他们经常是吃个馒头、喝口凉水，凑合一顿。居住的帐篷里，行军床上、被子上整日落满3～4厘米厚的沙尘。苏和见老伴儿跟着他太可怜，就想办法从城里拉来一间简易活动板房。女儿来看望父母，一见面，女儿就哭了，只是月余不见，父母已是满面黝黑，布满灰尘的衣服被汗碱浸透后

变得僵硬，白一道黄一片的。黑城地区夜晚很冷，他们又不肯烧柴取暖，女儿就给他们买来煤，在简易活动板房里面支了个炉子，他们用白水煮面条，总算是能吃上热乎饭了。

苏和的姐姐苏德那木来看望他时说："你哪还像个厅级领导，脸晒得比放羊的人还黑。"苏和却笑着说："我放过羊的，我本来就是个牧民。"

8月是黑城地区最热的季节，苏和和老伴在沙漠里劳动经常中暑。他们每天5点钟起床植树，到10点钟就关上门窗，拉上帘子，在地面洒上水，尽量不再出门。热急了，苏和就端起一盆水，从头浇到脚，然后躺在凉席上，只有这样才能眯一会儿。下午4点以后，沙漠的高温稍稍退去，他们再出去种树。

刚来黑城的那段日子，德力格经常梦见房子着火，被太阳烤着了。每次做这样的梦，德力格都会被吓醒，然后望着好不容易弄起来的房子发上一会儿呆。

他们每天要往返几十千米打水，然后再去给树苗浇水，手拎不动也抬不动时，他们开始用小车拉水。德力格看着苏和累得发抖的样子，心疼地埋怨："快60岁的人了，还以为自己是小伙子呢，还是量力而行吧！"苏和又何尝不心疼老伴！年轻时，德力格在工厂挪油桶扭伤了腰，走路、坐着、躺下……无论什么姿势，时间长了腰都疼。每天早晨醒来，德力格都不敢直接下床，得缓一会儿才行。老两口彼此心疼，但谁也不愿意少干，都咬牙挺着。

可是，苏和夫妇花费那么多辛苦种下的2万株梭梭全部枯死了。尽管梭梭抗旱能力极强，被誉为沙漠里的钢铁树种。但黑城附近不少地方沙土之下是一层坚硬的胶泥，梭梭根本扎不下根。儿子苏虎庆看着死去的梭梭哽咽着说："我们费了那么大的劲，可还是死了。"苏和夫妇更是心疼得几夜睡不着觉。

心疼归心疼，还是要立刻补种，苏和和儿子再次去吉兰泰镇买回树苗。为了抢回种植的时间，苏和去达来呼布镇雇人来帮忙。

这以后，每年种梭梭活儿多时，苏和都会到额济纳旗雇几个工人回来帮他干活。工人们闲的时候，雇一个人每天130元左右，但在工人忙

◆植树的工人

的时候，再加上黑城的气候环境差的原因，每天200元都没人愿意来。苏和的钱少，没法和那些到额济纳种哈密瓜的外地老板比，他只能选择在工人活儿少时雇人，这样才能够支撑下去。工人的工资是苏和在造林上投入的一大块资金，连同抽水机用的柴油、水管等投入，一年大约得投入3万元，这些钱大多出自他的退休金。每月，雇一个工人花费1500元，一年花费1.8万元。有个基金会每年给1.6万元，算下来还差不少，他就自己再出点。除去植树方面的开支，剩下的钱勉强能维持生活。老两口在生活上力行节俭，苏和喜欢抽烟，但从来都是只买几元钱一盒的烟，直到现在依然是这样。

从2004年苏和在黑城脚下治沙开始，达布希拉图就过来帮忙。刚开始的几年，他们没有住的地方，就借用地方文物所的房子。为了方便每年春天植树，让工人们有一个休息的地方，苏和决定盖几间房子。可是由于造林治沙的费用十分紧张，为了节省开支，苏和就想到捡旧砖头的办法。

那时，额济纳旗正在修建通往东方航天城的公路，施工队每修一段时间就要换地点，用过的工房就废弃了。苏和带着平均年龄60岁的老年施工队，开着车沿公路拆废弃的工房，把别人不要的废砖头、木料一块一块地从地上撬下来，再装车拉回来。

当时，很多人不理解，大家都认为他这么大的领导干部来黑城种树，也就是三天半的热情。可是，当他们看到苏和带着工人起早贪黑地到路边捡废砖头，准备留下来长期植树，大家都被他的行为感动了。

功夫不负有心人，苏和和工人们愣是用捡来的砖头和木料，盖起了几间砖房。房子盖起来，工人们总算有了个遮风避雨的住所，这去了苏和一大块心病。每当有人提及这件事，苏和老人总会自豪地说："这是我们老年建筑队捡别人不要的垃圾，捡回来的大砖房。"

第二次雇人种下的梭梭又都枯死了，苏和只好再去拉树苗补种。这回，苏和总结了前2次失败的经验教训，种的3000株全都成活。可有一天晚上，围栏里跑进一群骆驼，它们咬上一口，就把树苗拔出来，吃完一棵，接着吃下一棵。苏和他们忙活了好几天种下的树，骆驼只用了一个晚上就基本给解决了。望着被骆驼吃过的梭梭，苏和欲哭无泪。

在干旱的沙漠，在生命禁区，每一种生物都要拼命挣扎才能活下来，水是它们争夺的最重要的资源。骆驼、老鼠要咬断梭梭的根茎，舔那一点可怜的水分求生。有了那次惨痛的经历，苏和至今保留着一个习惯，每年秋天，要给小树穿衣服，他把旧衬衫、用坏的床单等剪成布条，裹在梭梭的根部，到了春天，小树要长身体，他再把布条解开，把树衣服脱下来。

在沙漠里生活，除了劳累，风沙的袭击、烈日的暴晒、寒夜的冰冷，还有一种最可怕的东西，那就是孤独与寂寞，这种孤独是从荒原中流淌出来的，是渗进骨髓的那种，令人恐惧，甚至于绝望。

据瑞典探险家斯文·赫定描述，他们在经过额济纳旗时曾寻找到几座不同寻常的坟墓。在额济纳河畔，先后有7位中外探险家被死神带走。其中一位是中国的马叶谦，他先杀死自己的一名同胞，然后因受伤

流血过多致死。据说他的死亡原因是精神崩溃。另一位叫沃尔特·拜克的学者，因孤独忧虑、心力交瘁而自杀身亡于弱水附近。

斯文·赫定满怀困惑地记述道："当然，对那些浪迹天涯的人来说，死在旅途，说不上有什么不寻常。但谁又能解释，两个受过良好教育的人，何以在同一地区结束了自己的生命呢？是一种奇怪的巧合吗？那位姓马的青年死后一年，一位土尔扈特女孩经过死者最后宿营并杀死仆人、结束自己生命的地方时，竟突然倒地死去。在迷信的蒙古人和汉人眼里，可不会认为这是巧合。"

据此，斯文·赫定一行猜测，这些人宁愿结束自己的生命，也不愿意回到一望无际的孤寂的沙漠中去……

也许这样的分析是有道理的。

寂寞如沙，漫无边际，这是很考验一个人的耐力的。

不久，黑城又来了一个人，他是苏和将散落的石碾、石磨转交给文物部门后，文物部门派来看守黑城遗址的人。最初，这个人是正常的，但不久之后，他就开始对着空无一物的天空和大地吼叫、责骂、夜游，他说他看见了许多死去的人，看见了战马和四脚蛇，这让德力格每到夜晚都吓得不敢出门。

面对重重困难，再加上3次种梭梭3次失败的经历，苏和夫妇还能在黑城坚持下去吗？

后来，有人问过苏和有没有想过放弃，笔者也这样问了他。"我心里想，如果半途而废，那我这张老脸放哪儿啊？甚至有人会骂共产党！

◆半疯老汉住过的清真寺，至今尚在

人家会说你看这就是共产党的干部，待不下去了吧？不但我丢脸，还给党、给政府丢脸。我既然开了这个头，就得坚持下去。"苏和指着自己的脸说，他不能动退缩的念头。

冬天到了，老两口要回巴彦浩特。一年中，他们只有这个时候才能休养上一阵子。回到巴彦浩特，首先要做的就是检查身体，养精蓄锐。第二年春天，他们还要回到沙漠里植树造林，守候黑城。

临走前，苏和给家门外的大铁槽和能盛水的器皿都注满了水，为的是让路过的骆驼、野兔、天上的飞鸟能喝到水以维持生命。苏和是蒙古人，对草原的生灵万物有着深深的怜悯和敬畏。这是牧人对生命的敬仰，对大自然最深厚质朴的情感。

　　今天，在苏和家，在黑城，你会看到一只大黄狗，它每日或跟在苏和夫妇的身后，或跟着拉水车，跑来跑去，它从不对着人吼叫，却经常对着天空发呆。在苏和夫妇来到黑城不久，这条流浪狗来到了这里，来到他们的家。苏和夫妇收留了它，它也开始承担起守护黑城的使命。

　　"黑城是有灵性的，这片沙漠也是，这里的飞鸟、骆驼，还有很多很多，都是这片土地孕育出来的生命。"苏和如是说。

　　若你到过那里，你就会理解苏和老人所说的话，你也会那样满怀深情。

　　额济纳，天边的一块圣土。每一个经过额济纳的人，都似乎与这里有一份古老的约定，不自觉地投入到这片土地的快乐、感恩甚至于荒凉和寂寞中去。额济纳，一路慷慨悲歌，忠勇销魂；一路壮丽辽阔，博大包容。正因如此，尽管身处大漠，沐风栉雨，苏和夫妇的内心和生命，从未真正意义上孤单过，英雄的血液在他们的身上流淌，同在的，还有这里的万千生灵，它们和苏和夫妇一起，共同守候着这片大地的悲悯与苍莽。

◆ 通往苏和家的路

第十一章　播撒钢铁树种

从回到巴彦浩特到整个春节期间，苏和一直在苦苦思索怎样才能在气候、水分、土壤条件都很差的黑城地区种活梭梭。尽管 3 次种梭梭都失败了，但通过几个月的观察和分析，他还是基本摸清了黑城环境和气候的一些规律。接下来，他要弄清楚水分和土壤存在的问题，再进行针对性的解决。

苏和想尽快返回黑城，但春节后就刮起了强风暴，一连十几天人走不出门。可再等下去就会误了栽种梭梭，他急得整夜整夜睡不着。风稍稍减弱了些，他就与老伴儿匆匆地踏上返回黑城的路。临行前，他担心自己的那辆二手车会出故障，就给民久尔打电话，告诉了自己的行车路线。民久尔是额济纳旗政府的干部，退休后跟着苏和在黑城种植梭梭。

当苏和夫妇走到漫水桥时路断了，只好从八道桥绕道沙漠去黑城。

漫天的狂风里，苏和开车行驶在巴丹吉林沙漠边缘。车窗外如柱的

黄沙搅得天地一片混沌，能见度很低，他摸索着向前行驶。走着走着，他突然感到脚下一下子失重，汽车陷进了沙坑，车熄火了，车门也打不开。苏和急忙掏出手机拨打，可这里也没有信号。

西北风越来越紧，沙漠上星星点点的骆驼刺被连根拔起，沙尘犹如烽烟，从沙漠深处浩荡而来。这样的天气，没有人会经过巴丹吉林沙漠。苏和与德力格都知道等着他们的会是什么，他们紧紧地握着彼此的手。德力格笑着说："要是有匹马该多好！"

苏和也在笑，"是啊，这车真不如马，马不会熄火，也不会往沙坑里跳，可如今马已经难找了。"

他们都不再说话，可脑海里却浮现出牛羊游走、万马欢腾的场面。牧人有了马，就如同长了翅膀，想去哪儿，都快如疾风闪电。人与马神魂一体，无论放牧、守夜、打狼、找新的草场，总是一起冲在最前，日日相守相依，结下深厚的情感，甚至相伴到死，才会不舍地离别。马高贵神秘，吃带露珠的嫩草、喝洁净的活水，以家庭为单位，不会背叛。当马感到不久于世，就会默默去一个谁也找不到的地方，不让主人看到它们死时的难堪，保留着神骏最后的尊严。一个马群，不管这个马群有多大，儿女幼小时，整个马群会用全部力量去保护。儿女成年，无论它们多么依恋父母和家园，都会被驱赶到远方。马聪明，给个暗示就知道主人的心意。马富有灵性，能从细微的风吹草动预感到灾难。在危险来临时，它们必奋勇当先，除了勇敢，似乎还永不知疲倦。在苏和与德力格的记忆中，这儿曾经有很多的马，数也数不完。那时，每个牧人平均下来都会有四五匹马。后来就越来越少，变成每六七个人才有一匹马。再往后就更少，要五十人，甚至上百人才能拥有一匹马。

德力格想到去年，那是 8 月的一天，苏和忽然在植树的地方晕倒，焦急的德力格不知道该怎么办。黑城地区气候恶劣、人烟稀少，更缺医少药，她想到给人打电话求助，可手机却没有信号。她一口气跑了五六千米，才找到一户牧民家。牧民骑马把苏和送到医院，医生说幸亏送来的还算及时，否则后果不堪设想。事后，德力格就幻想，要是黑城有一匹马该多好。苏和的胳膊总是抬不起来，有时疼得受不了就贴几块膏药。那是长时间手摇发电机落下的毛病，那个发电机需要天天用手摇，就是年轻人也受不了，更何况是一个年近六旬的老人。苏和每天都要用手摇的柴油发电机从井里抽水，要是有了马，只要把发电机改一下，用马拉着启动，就可以不再用手摇，马总是会帮人的。

可黑城地区环境困厄，连人都难活，又去哪儿寻找马料呢？

苏和也想到了老伴儿跟着他受苦。德力格和他去了黑城，除了要一起种梭梭，给梭梭浇水，还忙着给工人做饭。去年，她被滚烫的开水把腿和脚都烫得褪了皮，苏和想送她赶紧去医院看病，可没有交通工具，德力格也咬牙说，每年适宜种树的季节就这几天，她不能离开。就这样，德力格一直坚持了 20 多天才到旗里的医院看病，当时她的脚已经发脓感染了。

苏和夫妇就这么坐着，想着，巴丹吉林的大沙尘一直在来回撕扯着，不休不止。

按苏和的出发时间计算，他们早该到了，可眼看着太阳就要落山，民久尔还是没有等到苏和回来。民久尔判定他们在路上一定遇到了情况，他不停地拨打着苏和的电话，可是手机那头总是传来不在服务区的声音。因为夜里没有办法搜寻，他只好等待天亮出发。第二天一早，民久尔找人开着解放车四处寻找，最终在巴丹吉林沙漠边缘的一个沙丘处找到了他们老两口。

"车陷进去了，这里手机也没有信号，我们只能待在车里。还好，你们来得及时。"苏和老人轻描淡写地说道。望着眼前被困在沙漠里一天一夜的两位白发匆匆的老人，大家忍不住流下了眼泪。

回到黑城的苏和，立刻在围封的2.3万亩范围内挥锹挖土，他决心要研究这里的土壤。他比较了3次种下梭梭的土质，第一次种下2万棵梭梭的地方是黏土土质，梭梭没有成活；第二次种下1万棵梭梭的地方是粗沙和石头，梭梭也没有成活；第三次种下3000棵梭梭的地方是细沙土质，梭梭全部活了，尽管3000棵梭梭被骆驼吃了，那是另一回事。要在黑城地区种活梭梭，就要先改造这里的土壤。还有一点，就是培育出适应黑城环境条件的树苗，梭梭才能成活。

终于找到了问题所在，苏和激动地在风沙中来来回回地走着，他的眼前仿佛已出现了一片绿洲，他对即将出现在这里的梭梭林景象展开遐想。梭梭不像胡杨、红柳、沙枣等争着在有水的地方生长，更不会出现在水分、土壤条件更好的沿河地区。它们只出现在条件最艰苦的地方——沙漠，只要给一点水就能成活。梭梭的枝条曾是牧民最好的薪

◆苏和的梭梭林

柴，嫩叶是骆驼最好的饲草，根部寄生的苁蓉被称作"沙漠人参"，树木能长到8米多高。春天梭梭会开出嫩黄色的花朵，夏天会呈现一片幽幽的绿色，到了秋天，它们的样子又似胡杨，一片金黄。

过了没几天，苏和又对自己的判断产生了怀疑，于是，他立刻请来林业专家，直到他们也证实了他的判断完全正确，喜悦重又涌上心头。

很快，苏和就选好了地方建起苗圃，开始育苗改良梭梭。在他和妻子一天天辛苦地培育下，苗圃里苗壮的嫩苗给黑城地区增加了一大片的绿色。经过多次试验，他育出的苗种植后成活率很高。他又对大面积种植梭梭的地方开始土壤改造，挖去黏土垫上细沙，在有粗沙甚至是石子

的地方暂时放弃梭梭的种植。从这一年开始，他开始不断地在严酷的环境下育苗，下力气大面积改良黑城围封区的土质土壤，在改良后的区域进行种植。

苏和育出的梭梭苗生命力很顽强，能适应黑城的气候条件。苏和将梭梭苗送给农牧民，让农牧民们开始种植梭梭，万众齐心，才能还额济纳一片绿洲。为了帮助农牧民摆脱贫困，增加他们的经济收入，发家致富，他还利用梭梭可以嫁接苁蓉的特点，带领农牧民奔向发展沙产业的新目标。

有的牧民开三轮车来，有的开皮卡车来，还有的是骑着骆驼来，有要 500 ~ 1000 株的，也有要的多一些的，不管他们想要多少，苏和总是笑嘻嘻地说："你自己到苗圃挖吧！"

看着牧民们治沙造林，并投身沙产业，苏和心里甭提多高兴了。

苏和的生活依旧很简朴，他还是吃清水煮面条，抽二三十元一条的烟。但对于牧民的恳求，他来者不拒，每年他都会无偿给牧民提供大量的梭梭苗。

额济纳旗下设5个苏木3个镇，除离得较远的马鬃山苏木外，其他7个苏木（镇）的不少牧民听说过去的苏书记免费提供梭梭苗，还帮助提供嫁接肉苁蓉的技术，纷纷赶来。"我突然转型成了专家，体会了一下研究人员的快乐，你说钱老（钱学森）每天得多高兴啊！培育的梭梭苗不但解决了自己用苗的需要，而且每年向周边农牧民提供，多的时候一年有三四万株。"苏和边开玩笑边说道，脸上满是温和的笑。他乐见家

◆风蚀的戈壁上长出了梭梭

乡山好水好人好，望着十里八乡的农牧民向他赶来，望见额济纳渐渐变绿，他内心的充实拂去了大漠里十几年的风沙烟尘。

札木青是东风镇宝日乌拉嘎查的党支部书记，他想种梭梭，苏和爽快地送了他几百株。第二年，札木青花钱买了一部分树苗，苏和又送了一部分。札木青说现在自己日子过得不错，总让苏书记免费提供过意不去。见札木青年年往黑城跑也很辛苦，苏和便给了他一些梭梭种子，手把手地教会他如何育苗。

牧民斯日古楞说，是苏和引领他走上致富路。2005年，斯日古楞来到黑城，看到苏和种下的梭梭，对他触动很深，"苏老在这么艰苦的地

方都种活了梭梭，我家草场的条件比这强得多，我为什么不能种呢？"斯日古楞当时就有了种梭梭的打算。2008 年，斯日古楞开始在草场上种植梭梭，并且在梭梭根部嫁接肉苁蓉。如今，他的梭梭林达到了 1 万多亩，嫁接的肉苁蓉也有好几万棵。

苏和一直关心农牧民的生活，在他几十年的工作中一直是这样。额济纳旗原工商局局长乔格斯木至今回忆起几十年前的往事，仍是万分感慨。

苏和在担任伊布图嘎查书记时，带领群众发展生产，使嘎查粮食产量达到 60 万斤，成了全旗第一个解决吃粮问题的嘎查，在全旗树起一面先进典型，《人民日报》还专门报道了他的事迹。

在百姓的心中，苏和是一个值得信赖的最受牧民群众欢迎的领导。他没有领导架子，穿着朴素，和群众打成一片，同吃、同住、同劳动，入基层，接地气。他善于听取群众的意见，帮助群众解决实际困难。乔格斯木深深记得，1976年，他下嘎查，嘎查的柴油机坏了，苏和亲自修理，为此还耽误了一天的行程。很多同事都说，苏和的脾气好，没有见过他发火，那是因为苏和的心里时刻装着人民。

黑城地区环境恶劣，春天是大风沙日日刮个不停，夏天酷热，冬天极冷，苏和作为一个厅级领导干部，在偏远的大西北身份不可谓不高，况且已年过 60 岁，又一身的病，还到黑城植树，吃那么多苦，那么下力劳动，如果不是亲眼所见，真是让人不敢相信。

额济纳旗政协原主席、科委主任娜仁其其格在笔者采访时，一再提到苏和在担任额济纳旗旗长和书记期间，对生态建设、环境保护、农牧民的生产以及沙产业的发展极为重视。在他的带领和倡导下，额济纳人的生态意识渐渐觉醒，每年都积极参加义务植树造林活动；多方呼吁，额济纳河恢复了水流，人们主动封沙打井植树；他又建议科委引进人工种植肉苁蓉技术，试种成功后，为了推广新技术，苏和带领技术人员深入牧户，调研走访，宣传试点，科技兴牧，并将这项成熟的技术推广给农牧民。

在离开家乡的 10 多年里，苏和时刻关心着额济纳的发展。回到黑城后，他再次用行动带动起额济纳建设绿色生态，保护家乡环境，发展沙产业的浪潮。

苏和始终把农牧民装在心里，对自己和身边的亲人却要求极高。在他当阿拉善盟副盟长的时候，曾帮助额济纳旗上了很多项目，但自己的妻弟嘎布亚图求他给儿子在额济纳安排工作，却被他拒绝了。

2000 年，嘎布亚图的孩子大学毕业，一直没有找到合适的工作。于是嘎布亚图去找姐姐德力格，希望姐姐能给姐夫说说，给他的孩子安排个正式工作。德力格说："你姐夫是一个很有原则的人，说说可以，不过不要抱太大的希望。"果然，几天之后，苏和给嘎布亚图打电话，他告诉嘎布亚图现在的事业单位招录都需要正规考试，作为领导干部，他要带头遵守党的纪律，希望妻弟能理解。

虽然苏和没能给他的孩子安排工作，但是他常常打电话嘱咐嘎布亚

图，孩子在家里好吃好喝待惯了，容易滋生懒惰，还是要找一个地方实习，最起码能培养一下孩子的组织纪律观念和时间观念，对以后就业和做人都有好处。后来，嘎布亚图的孩子在策克口岸的一家企业上了班，并且当上了部门经理，同事和公司领导都非常认可他。苏和对亲人这样，对自己史是严格，时刻保持着清廉的作风，用党员的标准要求自己。

1995年，苏和已经调任盟纪检委书记，那年秋天，时任额济纳旗纪委书记的娜仁其其格听说自己的老领导苏和回到牧区的老家为小儿子操办婚事。她将这件事跟旗里的同志们说了一下，可是大家都不知道此事。当她赶到苏和老家时，苏和小儿子的婚事已经操办完。后来大家才知道，苏和只邀请了家里的亲戚和嘎查的老人，当地的领导和同事他一个都没有邀请。

当时有人责怪苏和为什么不邀请大家。苏和解释说，儿子结婚是自己家里的事，怎么能给当地的干部群众添麻烦，自己担任的就是纪检书记，就要带头遵守党和国家的纪律。

廉洁自律，两袖清风，为人正直，是许多人对苏和的评价。从生产队长到正厅级领导干部，苏和从来都是严格要求自己。达布希拉图是苏和的弟弟，为了子女工作的事找到苏和。苏和告诉他的还是自己经常说的那番话，现在国家选用人才都要考试录取，让他回家督促孩子努力学习，争取到单位实习，积累工作经验，参加公务员考试。经过几年的努力，达布希拉图的2个女儿都通过自己的努力，考取了国家公务员的岗位。

苏和刚到盟纪委工作时，恰逢纪委和监察局合署办公。由于办公场地有限，苏和没有选择大办公室，而是选了一间小小的房间。大家还记得很清楚，当时他选的那间屋子墙面黑漆漆的，他们想过来给他收拾一下，他却说自己动手刷一刷就可以了，让大家各自去忙。

在他任盟纪委书记期间，大小案件他都亲自过问，事无巨细。1995年，为了查看公车私用情况，苏和亲自带队，到巴彦浩特各婚丧嫁娶现场抓典型。有一年，正逢外贸、物资局、二轻局改制，导致信访案件非常多。同志们每天加班加点非常辛苦，物资部门就请办案人员吃了一顿便饭。苏和知道后非常生气，不仅提出了严厉的批评，还让大家将吃饭的费用都退了回去。

额济纳旗政府调研员李长辉从部队转业到额济纳旗旗委当秘书，当时，苏和任旗委书记。一开始，李长辉见到他就很紧张，但没过多久，李长辉就发现苏书记和谁交往都很和善，还经常和大家开玩笑，一点架子也没有，有啥说啥，就像一个老大哥。在生活上，苏和一直节约朴素，和他一起工作的同事从来没有见他穿过一件时尚的衣服或是买过一盒名牌烟。大年初一，苏和组织团拜会，机关干部每人带一个菜，凑在一起，大家热闹热闹就行了。他规定不让大家相互上门拜年，既节省了时间，又避免了破费。

后来，李长辉到黑城看过苏和，他看见这位老领导扛个铁锹在地里干活，连袜子也没穿，晒得黑黑的，像民工一样。黑城的艰苦是一般人难以想象的，春天风沙大，夏天酷热，冬天又极度寒冷，交通也极不便

利，吃菜成了难事，很多时候，死面饼子就点儿茶就是一顿饭。倘若苏和不是发自内心、心甘情愿地一心想治理风沙，保护古城，是无法在这里坚持下去的。

苏和在黑城能种活梭梭，资金是制约他快速大面积种植梭梭的瓶颈。他算过一笔账，"一棵梭梭苗的价格是0.3元，从栽卜到成活需要浇6次水，每次浇水的成本至少是0.6元，加上管护，种活一棵梭梭要花6元多。"他每年只能节衣缩食从自己的退休金里拿出3万，再就是日本友人因合同违约每年补偿的3万，还有额济纳旗政府每年给的补助。他坚决不去申请国家大笔林业扶持资金，他说国家的钱要用在刀刃上。他宁可自己艰苦受穷，想办法扩大梭梭的种植，也不搞梭梭嫁接苁蓉，他说："我种梭梭林更重要的目的还是恢复生态，还谈不上经济效益，也没形成产业。苁蓉收益可观，但嫁接了苁蓉，梭梭的长势就会变差，甚至枯萎。我造林就是为了恢复生态，保护黑城遗址，阻挡黑风口的狂风，不是为了嫁接苁蓉挣钱。我要是想挣钱，就不来黑城了，我可以在河边承包上一大块地，专门种植。""我不搞商业性的育苗，我在每亩地上育的苗不会很稠密，大多自己种植，其余的就送给农牧民。有的地方和我预订，让我育苗，他们给我点钱，我就投到造林中。"苏和植树的很多设备都是二手货。而且在种植梭梭的季节，苏和为了雇工人还学会了讨价还价，完全看不出之前曾是位正厅级干部。

荒漠戈壁没有灌溉渠系，梭梭林只能靠拉水浇灌。其他地方种梭梭只需浇1次水，但苏和一年要给他的梭梭树浇3次水。为了节约用水，他发明了一种灌溉方法，用自制的水枪直接插到梭梭的根部注水，这样不但减少了蒸发和渗水，而且利于梭梭吸收。现在，他种下的9万多棵梭梭苗，成活率均在80%以上，有的梭梭已有3米多高，起到了防风固沙的作用。苏和高兴地说，它们是黑城的一道风景线，也是黑城的护卫和希望。

种植扩大了，需要打井浇水，资金又出现了问题，一向爱面子的苏和不得不向人开口了。他开始向儿女和亲戚朋友们借钱，买来了准备打井的二手设备和一辆拉水的解放牌汽车。

闻听苏和又要打井，老朋友巴图孟克赶来。这次他不仅来了，还卖掉了城里的房子，在苏和住房的不远处也建起了几间砖瓦房，带着妻子

◆苏和买来了浇树用的二手解放牌汽车，这是苏和的宝贝

与苏和夫妇一起在黑城地区种起梭梭。

苏和用自己的执着赢得了另外一位老友的鼎力相助，于是3位老人把机井钻探进60米以下的深层，在黑城地区打了八口井，不仅为继续扩大植树造林提供了保证，也彻底结束了黑城地下千丈无滴水的传说。

说起苏和，额济纳旗人大调研员邓吉友是这样回忆的……

1992年，额济纳旗人大调研员邓吉友任额济纳旗水利局局长时，苏和书记指示大家在黑城打了一眼很深的机井。这眼井很成功，当时做抽水试验，水量大，水质也非常好。那时，他已经有了在黑城植树的念

◆梭梭林铺设的水管密密麻麻

头，只是当时条件不成熟，暂时放下了。

那时旗里也想过办法治理黑城沙害。苏和当旗长的时候，曾在这里扎过红柳方格，但效果不行，很快就被沙子埋住，失败了。后来也种过梭梭，也失败了。

2004 年，苏和老人来黑城种树，邓吉友还怀疑，那个地方都是干沙包，地下百米之内几乎没有水，怎么能种活树呢？再说那个地方条件那么艰苦，环境恶劣到了极点，怎么能住下去？令邓吉友没想到的是，苏和不但待了下来，而且还把树种活了，过去的黄沙滩，现在变得绿油油一片，一眼望不到边。与此同时，苏和老人在种树的过程中，把黑城的地下水情况摸清了。

黑城地区环境和气候很恶劣，为了改善生活，苏和与巴图孟克又开辟了一块菜田，由巴图孟克的妻子种植蔬菜，德力格养鸡养羊。他们还尝试着种一些红柳和胡杨等植物，在苏和住房的西侧，种下的 2 棵胡杨苗，现在已经变成 8 棵参天胡杨了。

苏和治沙造林的黑城距旗府所在地达来呼布镇有 30 多千米，只有一条简易的石子路，路况极差。苏和与妻子德力格每个月开车去一次镇上，购买一些生活必需品。一开始那几年，沙漠里没有电，不但照明要靠蜡烛，而且无法存放蔬菜和肉食。大多数时候，他们只能用白开水煮面条、干饼子就茶，饮食很单一。

但日子还是渐渐地好过了起来。

2006 年，苏和在居住点安装了风力发电机，自此，晚上不再点蜡烛，

夏天也可以用风扇。

2009 年，一条柏油路通了，到黑城不用再走坑坑洼洼的沙窝子。

2012 年，阿拉善盟委给苏和配置了风光互补发电机组。

"以前那么艰苦的日子都挺过来了，现在条件好了，更舍不得离开了！"德力格乐呵呵地说。

阿拉善盟交通运输局原纪委书记李金柱说起这样一件事。有一年他到额济纳旗出差，抽空专程去黑城看望苏和。当时老两口正在往车上装东西，一些种树和浇水的工具非常笨重，他们吃力地搬动着工具，脸上的汗水和着沙土，一道道地往下淌着。李金柱心里想，作为一个正厅级领导干部，退休后不在城里好好安度晚年，却来这个地方植树造林，改变家乡的生态环境，守护古城，真是打心眼里敬佩老人。

当时李金柱还了解到这样一件事，由于黑城距旗府所在地还有几十千米的距离，附近的几家牧民购买东西很不方便，苏和每次开车到镇上买东西，总会拿着一个小本子，挨家挨户询问看谁家需要代买东西，回来后再给他们送过去。

生活条件好了，苏和没有考虑自己，依然保持着助人为乐的朴素本色。

种植梭梭是三分种植，七分管护。

"在黑城种梭梭不是简单的事情，种下后需要管理防护的事情太多了。"苏和这样说。因为种下的小树经常会遭遇野兔、骆驼等动物的啃咬。为了防止野兔啃树，他一直用布条将树干缠住，但他发现野兔竟然会撕开布条。一次外出时，他发现架输电铁塔时，工人们将包装用的竹条留在了原地，他开上拖拉机把竹条都捡了回来，给小树做了防护架，这样野兔、骆驼再也啃不到梭梭树了。

到了浇梭梭的时候，他忙得不可开交，老伴成了他的好帮手，"老伴可以给我合电闸，看柴油机，有时候帮我拉水管。"苏和说。每到给梭梭喷洒灭虫药的时候，老两口就开始在梭梭林中来回穿行洒药，走得累了，苏和就开着车，让老伴儿坐在副驾驶位置，每走到一棵梭梭前，老伴儿就打开车门，然后探出身子，举起喷雾器对准梭梭树喷洒，这样能省不少力气。苏和笑着对德力格说："咱们这是半机械化呀。"

每年3月到5月是栽种梭梭的黄金时间，每天的劳动量非常大。

为了提高苗木的成活率，栽种完梭梭后就要马上浇水。浇水要用沙地大卡车一车车地拉，再一棵一棵地浇。每次浇水他们都很小心，一滴也舍不得浪费。有一次，浇水的水管接头突然断开，眼看着水就这么白白流走，苏和赶快接管子，用斧子砸铁丝的时候，一不小心砸到了自己的大拇指，当时手指就变黑，指甲整块儿被砸掉。几位工人看了，都很心疼。可是苏和忍着疼痛，简单地包扎一下，接着干活。这让几位工人看在眼里，记在心里，他们着实被这位老人感动了。

其实，劳动中遇到的危险还有很多。有一次工人开着小挖掘机开沟，没想到小挖掘机掉进了沟里。大家一看，几吨重的机器躺在那。这时，苏和把卡车开了过来，用钢丝绳绑好牵引。由于车辆用力猛，差点把挖

掘机拉翻，把人扣到机器下面。

为了帮助苏和，德力格也学会了开车。有一天，她的弟弟嘎布亚图看到她开着车从远处驶过来，真真地被吓了一大跳。"2008年的一个夏天，我在距黑城6千米外的沙漠给梭梭林浇水。忽然，我看见前方姐夫的车慢慢驶来。车子开得很慢，到跟前我才发现，原来开车的竟然是我姐姐。我问她：'你怎么自己开车，姐夫去哪儿了？'姐姐告诉我，前面有一段围栏坏了，姐夫怕骆驼跑进去吃梭梭，正在那边修补围栏。因为中午还要给几个工人做饭，她就开着车先回黑城脚下的住处给工人备饭去了。"

德力格那年已经60多岁。在嘎布亚图的印象中，她连自行车都上不去，更甭说开车了。可是到了黑城以后，为了帮助老伴实现梦想，她竟然学起了开车。看着沙漠中缓缓行驶的车辆和姐姐苍老的面容，嘎布亚图的心里非常不好受。

树种活了，越来越多，大家都很高兴。每当节假日，苏和的儿女、亲友就会赶到黑城来植树。亲属们来这里义务劳动已经成为常态，十几口人，挖坑的、栽树的、浇水的。每当这时，老伴儿德力格总是乐得合不拢嘴。她采来沙葱，给全家做沙烤饼。沙子受热以后，开始像热水一样翻滚，这时把饼埋进去，过上一会儿再翻动一下就熟了。大漠人做饭有时不是用火，而是用沙。沙葱营养丰富，风味独特，被誉为菜中灵芝。德力格有时还用采来的沙葱拌面条，这是一家人最喜欢吃的美食。

渐渐地，周围的人改变了态度，他们从最初的不理解到敬佩和支持。在苏和的模范带动下，越来越多的人主动加入到植树造林、绿化家园的行列中。神舟药业、金涛实业等一批实体企业和嘎布亚图、图布巴图、郭希瑞等退休老干部都投身到生态保护和建设事业中来。如今，额济纳旗全旗上下都在为绿化家乡而积极行动，全民同心共筑绿色长城，而这，也正是苏和的愿望。

2005年8月15日，习近平同志在余村调研时首次提出"绿水青山就是金山银山"。十几年间，这一理念发源于余村，走向全国，走向世界，当然也走进了西北边陲的额济纳。

用不了多少年，额济纳昔日草长莺飞的景象会再次回到人们的视线中。弱水天涯的盛景到来时，是苍天对这片土地最大的荣宠与恩赐。

◆日出居延海

第十二章　绿色追寻

额济纳，多梦。

水天泽国的居延海，蜿蜒流淌的额济纳河，黑城也是波光荡漾，植被繁茂，扎堆的胡杨、红柳、梭梭密密匝匝，连骆驼都进不去，这是在苏和生命中反复出现的梦境。外表的粗犷和心灵的柔软，情感的细腻和对生命的深刻体验，梦幻的浪漫斑斓与现实的沉郁、困惑，都在苏和一个人身上发生着。祁连山、居延海、土尔扈特部、额济纳河、黑城，广阔壮美的西部地理和人文历史，这一切都沉沉地烙在他的心里，生生不息地流淌在他的血脉里。

如果说天地有灵，也许这些梦境与记忆，就是这片古老的大地给一位日渐衰弱的老人不断注入生命力的方式。如果梦是现实心愿的写照，那么，在苏和的潜意识中最强烈的梦想，就是有一天这片大地会灿烂重生，消失已久的居延黑城绿洲会重新回到这里。

"我知道，不管走多远，我总有一天要回来的，这是宿命，也是一个必然。"苏和不止一次这样说道。

记得第一次采访时，他只对我们说了一句话："我只是种了几棵树，没什么好说的。"然后就招呼大家吃他种的西瓜，不再说什么了。之于故乡，他说他只是在做他该做的事情。

最初，这里种植梭梭缺少人手，他就雇周边牧民来帮忙。可育苗、栽种、管护、病虫害治理、灭鼠、防野兔等，还是主要靠他和老伴两个人。因此，他们每天要给梭梭浇水、打药，巡视，修补被骆驼损坏的围栏。每当冬天，当他们回巴彦浩特时，这里就交给巴图孟克来照顾和打理。

◆苏和家屋后的梭梭

老人说得非常轻松，但事实并非如此。育苗、栽种、管护、病虫害治理、灭鼠、防野兔等，大多数的时候，这些劳动都是在黑城的极端气候下进行的。见识了黑风口的狂风，自然能推想出这里四季风的模样，要不怎么有"一年一场风，从春刮到冬"的说法呢！采访时，正值额济纳的夏季，黑城干燥灼热，达到了让人无法忍受的地步。狂风、酷热只不过是老人劳动的背景，还要加上每天几十千米的奔波，单就提16千米长、2.3万亩的范围内把黏土土质换成沙质土层这一件事，就得花多少时间，费多大力气啊！苏和老人平静地说，有时候晚上回来喝二两酒、抽根烟就睡着了。长期在野外进行繁重的体力劳作，他尤其需要喝几口烈酒来去痛解乏。

他说："我最担心的还是怕造不出林。如果我到了黑城，经过三五年的时间还造不出林，黑城的生态环境没什么变化，我就白干了，我非常担心这个事情。到了这儿第一年、第二年甚至到第三年，我遇到了很多困难，那个时候，我也想过能不能成功，能不能搞下去。和老伴儿谈，我种的树虽然活着，但长不起来、长不高，甚至有的人来了以后问：'你种的树在哪儿呢？'他们认为我种的是乔木，乔木树活以后两三年就长得很高，成效会很显著。而梭梭是一种灌木，灌木本来长得就慢，这个地方自然条件差，树想要生长就更慢了。要保证梭梭在这样的条件下成活，付出的辛苦比种下它要多得多。"

在烈日下，苏和夫妇用铁锹把没能成活的梭梭从沙土中挖出来，再补种新的幼苗，还要跪在地上用手小心地培好沙土，再拉过水管浇水。

德力格指着一片梭梭说："这是去年种下去的，今年成活了一大半，还是水有点跟不上。头3年如果每年都能保证多浇2次水，成活率就会提高不少。3年下来，扎根的深度就差不多了，就可以断奶了。"

每种下一棵树苗，两位老人总会用旧衣服仔细地裹住树干。"裹衣服是怕兔子和老鼠吃，这儿年生态有改善，沙漠里的兔子多了，鼠害也猖獗了起来，骆驼望见绿色有时也会跑过来。我最怕的动物就是这大家伙，围栏都拦不住，一不小心，梭梭就会被骆驼啃成秃头。"苏和边侍弄着梭梭边说，"不过我们不会伤害这些骆驼。"

日出日落，十几年过去了，在苏和夫妇的努力和众人的帮助下，一批又一批梭梭树在年均降水量不足30毫米，蒸发量却在4000毫米以上，并且地下水位低于50米以下的黑城土地上扎根生长。苏和和老伴儿在这荒凉孤寂的地方坚守，勤耕不辍。黑城的风霜雨雪，黑城的日月星辰，这片土地上的梭梭、胡杨、红柳、飞鸟、骆驼，这里的一切都已成为他们生命的一部分。守护黑城需要的是坚持，不需要承诺。

很多事并不是因为看到希望才去坚持，而是因为坚持才看得到希望。正是在苏和老人在厄境的求索和坚守，茫茫沙海中才有了这片绿洲，黑城遗址才没有被风沙继续掩埋。

现在苏和家有三间屋子，每间墙上都挂着很多照片。老人有个习惯，只要来这里种过树的人，他都会拍下照片，并对他们所种树木的长势用照片进行记录。他觉得这些图片对将来的黑城，也算是个珍贵的资

◆苏和家的墙壁上挂满了前来植树人士的照片

料。近几年以来，帮他种树的人始终没有间断过。

"他们都是我的朋友，是黑城的朋友，是这片土地最尊贵的客人和恩赐者。"苏和如是说。

"和我来到这里的先后有十几个人，有巴依阿拉、阿木伦老汉、宝力道，还有格宁。对，还有住在黑城小清真寺那个整天一惊一乍瞪着眼指着什么都说是鬼的半疯老汉。宝力道胆子特别小，他白天嫌疯老汉脏臭，可一到晚上，大漠的夜晚要么是狂风尖厉的叫声，要么是与世隔绝的沉寂，都非常瘆人。沙漠里人少，有蜥蜴、红蜘蛛，甚至于蛇，因此，晚上的时候宝力道又拼命地紧挨在半疯老汉旁边，不敢离开。他们在这里有的待了七八年，有的四五年，陪着我建房、打井、栽树、洒药。对，还有阿木古楞，他是黑城的看护人。起先他对我来这里种树很不理解，见面总是很冷淡。这里环境差，缺三短四很正常，对这个大漠

唯一的邻居，我不得不关心。每天做熟饭，我们就叫他过来一起吃，买了生活用品也分他一半儿，买两条烟送他一条，还常和他一起聊天，谈生态保护对黑城的重要性。时间长了，他对种树的事也上了心，帮着看园子、赶骆驼，最后还提出自己也要种几棵沙枣树。我很支持，从提供苗子到挖坑种树、拉水浇灌一手包办下来。前年，他被查出癌症，临去世前打电话给我说，再也不能回去种树、守林子了。"说到这里，苏和老人的声音哽咽了。那段岁月随着阿木古楞生命的终结已经无法回首。对每一位在大漠里与他一起战斗过的人，他都充满了深深的怀念。苏和每每谈起，他的内心都被惊扰，他们是他刻骨铭心的记忆，有了这些

◆苏和说，之前阿木古楞经常站在这里望着远处

人，苏和的坚守变得更加坚硬和充盈起来。

当问及他想没想过回巴彦浩特的问题，老人回答得非常坦率而简单："梭梭苗需要补水和看管，我走了，它们就活不了了。"

◆长势喜人的胡杨和梭梭

沙漠中人迹罕至，嗅到绿色的牲畜会频繁光顾，偷啃梭梭树，尤其是骆驼，真如苏和说过的那样，围栏也挡不住。苏和每天除了浇水，还要坚持巡逻。在沙漠中植树护绿，困难是常人难以想象的。夏天梭梭苗非常"干渴"，需要补水，苏和经常顶着似火的骄阳给梭梭浇水。沙漠中气温常达40摄氏度以上，地表实际温度更是高得多。苏和老人背着5斤的水壶出去，每次回来壶都已见底，就这还是渴得嗓子直冒烟。房

子里也是热得不行，实在受不了的时候，他就冲个凉水澡。刚来那几年，苏和也曾有过离开黑城的想法，但看着被烈日晒得发黄的梭梭苗，又打消了这个念头。

德力格说，她开始真没想过会在这地方待这么长时间。每次看到苏和筋疲力尽或者被环境折磨得苦不堪言的时候，她也劝，可是劝也没有用，后来干脆不劝了，就这么守着吧。苏和守着梭梭，她守着老伴儿，守久了就习惯了，德力格现在也离不开黑城了。

往事纷纷涌上德力格的心头。

2004年初，时任阿拉善盟政协主席的苏和向自治区组织部提出申请，提前2年从领导岗位上退下来。请辞的理由令人震惊：到黑城种树！这是一个近乎疯狂的决定。额济纳干旱少雨，风沙肆虐，联合国人类生存环境调查组曾将这里定为"不适合人类生存的生命禁区"。而苏和要种树的黑城，是额济纳两大风口之一，又是其中生态最为恶化的地方。他身边的同事、朋友都以为听错了，莫非苏和疯了不成？大家纷纷表示不理解。在他们的印象里，令人谈之色变的黑城，地处巴丹吉林沙漠边缘，额济纳旗境内，黄沙漫漫，苍凉萧索，人迹罕至，是一座死亡之城。这座西夏古城，早已成了沙尘暴的策源地。别说是住在那里种树了，就是去游览也得速去速回，人们唯恐在那儿停留太久，会被铺天盖地的沙尘暴吞噬。

当时听了苏和的决定，德力格沉默了，反对的话就在嘴边，却一个字也说不出来。她心里清楚，这是埋在丈夫心底几十年的夙愿。但黑城太苦了，他身体又不好，让人怎么能放心呢？老伴欲言又止的样子，苏和全都看在眼里。他准备好一箩筐说服德力格的理由，可一张口，苏和却只有一句话："心愿不了，这辈子不安心。"德力格一听就明白了，她对苏和说："我和你一起去，好歹是个伴儿。"

苏和的小舅子嘎布亚图从单位买断后，一门心思想找个能赚钱的项目。最初，他对姐夫来黑城种树很不高兴，"我姐夫这个人啊，前半辈子只知道忙工作，把家和孩子全丢给了姐姐。退休了，不在家享清福，却又跑到这地方来让姐姐跟着遭罪。"嘎布亚图言语里有抱怨，也有心疼，选择在黑城治沙，苏和和德力格确实很艰苦，遭了不少罪。

2013年三八妇女节那天，正准备出发赶往黑城，德力格却不小心从楼梯上跌了下来，两只胳膊严重骨折。看到老伴两只手伤成这样，衣服穿不上，饭也吃不了，苏和心里很着急，他不敢再提去黑城的事情。他带着妻子到呼和浩特找大夫按摩、吃药，留院观察治疗。住了几天院，德力格开口说："我们还是走吧，眼见就到三月底了，回黑城去。"苏和说："你这两个胳膊还没好，那儿缺这少那的，去了以后怎么办？不要说种梭梭了，你这样连自理都是问题。"但德力格坚持要去，苏和只好依了她。德力格心里面也惦记着黑城。

让苏和没想到的是，他在黑城坚持治理生态环境，直到5年以后才有了好转。5年里他不断做试验，总结哪个地方土壤好一点，怎么浇水更能促进梭梭的生长等一系列问题。在反复的试验和总结后，他终于摸

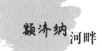

索出了一些经验。比如，有些地方是黏土层，种了以后树根也扎不下去，他只好用挖掘机或者其他机械把黏土层挖走，这样种下的梭梭才能把根扎下去。梭梭活了，要让它们成长得快一些，就得多浇水，可浇水浇得多就要花钱，他又没有那么多钱。一个个困难摆在眼前，为了保证梭梭的种植，他只有不断地去想办法。

功夫不负有心人，梭梭苗培育成功，苏和成了远近闻名的种梭梭专家，很多农牧民都来找老人询问种梭梭的事。

苏和很高兴，他没想到农牧民对种梭梭有这样高的热情，他亲自示范，把自己几年来的种植经验毫无保留地传授给他们。

敖登其其格第一次来想买梭梭苗，但手头紧拿不出钱，她不好意思地问苏和："能先赊点儿吗？"老人慷慨地说："不用钱，拿回去种就是了。"后来每年苏和都给她些树苗，现在她家已种下2万多株梭梭苗，都是苏和老人捐助的。

得到苏和帮助和扶持的贫困户还有很多，每年他都会无偿地给周围农牧民提供3万多株树苗。现如今，过去那块育苗地，已经远远满足不了当前的需要。从买别人的树苗，到培养出树苗自给自足并提供给别人，苏和花了不少时间。苏和对他们只有一个要求：梭梭长成后，每人再带动3户农牧民进行种植。这样既能保护生态，又能带动农牧民脱贫致富。

额济纳旗扶贫办称之为"一带三"模式，苏和被确定为带头人。旗里贫困农牧民想种梭梭，扶贫办经常把他们带到黑城来，苏和一律热情接待，又送梭梭又送技术。

苏和老人说这是他梦寐以求的事，"我个人力量有限，只有带动更多的人参与进来，生态才会发生根本性好转，百姓才能过上好日子。"

当地人需要树苗和种子，外地人也需要，近处的直接当面教授，远程的通过电话咨询。人们不断地把从苏和这里得到的收获，带回到他们各自的领地，播撒种植。苏和绿化的范围已经远远超出黑城，也超出额济纳。在大面积种植梭梭树的同时，他还尝试着种植一些耐旱的红柳、桦大梆、胡杨、榆树、沙枣树，已备将来择优推广，逐步还原黑成植被茂盛的本来面目是苏和心中最大的梦想。

嘎布亚图来黑城次数多了，和姐夫交谈多了后，渐渐地也萌生了改善家乡环境，造福子孙后代的愿望。他把全部积蓄悉数投到绿化荒漠上。现在，嘎布亚图种植的梭梭、红柳面积已达到2000多亩。

对自己的选择，嘎布亚图都觉得不可思议，"那老头儿身上有种魔力，跟他在一起，就觉得人生有了奋斗目标、有了方向，就不愿像以前那样活着了。"

额济纳越来越多的人加入治沙造林的行列，整个额济纳的生态保护意识都在觉醒。如今的黑城不再那么清寂，每到植树季节，隔三岔五就有单位组织职工或者家庭自发组团来帮苏和老人义务种树。

大家都说："他老人家放着清福不享，跑到这里来种树，我们也得出把力呀！"

与苏和打过多次交道的额济纳旗副旗长谭志刚很有感触，"老人不

◆义务植树

只是一个人在干，他已经把保护生态、建设家乡的正能量传递给更多的人。"

在苏和的带动下，越来越多的人加入植树造林，绿化家园的行列。企业职工、退休老干部、学生、志愿者等各行各业的人士都积极投入到生态保护和建设中来。苏和把社会各界热心帮助过他的人的名字记在小本上，他希望后代知道，这片林子不是他一个人造的，是大家造的。

现在，额济纳仅先进造林企业和造林大户就有60多户，全旗个体、企业造林面积达到27.8万亩。黄色逐渐消失，绿色铺展开来，漫漫沙海中有了一片小绿洲，额济纳绿洲重现的梦越来越近。

◆天边绿洲

2017 年 3 月 25 日，苏和在日记中写道："我和老伴、两只小山羊一家四口顺利抵达黑城。"与往年一样，老人要在这里种 8 个月的树，与往年不同的是，此行多了 2 只山羊做伴。

山羊是为给老伴德力格喝羊奶带来的。由于久居大漠，缺乏营养，老伴患上了腿疼的毛病。戈壁荒漠，寂静无声，初来乍到，山羊极度不适应，整日咩咩地叫着，令人很揪心。在这里苦度了十数年，苏和自然懂得山羊的感受，把它们送到屋后树林里，果然，山羊安静了不少。

他对妻子感叹道："现在的环境比10年前不知好了多少倍，小山羊比我们那时可幸福多了。"

转眼间，苏和已在黑城苦战了十多年。十多年以来，苏和用手提水、用水车拉水种植梭梭，改变了2.3万亩围封地的土壤。十几年时间，为了种梭梭，苏和先后在沙漠打了8眼井用于浇灌，他和老伴儿亲

手种的梭梭林数量达到3000亩，人工种植梭梭9万多株，黑城周围的生态环境悄悄发生着变化。这里已成为阿拉善盟面积最大的人工梭梭林之一。

这一年的春天，虽值沙尘暴频发的季节，黑城里却有风无沙，城墙上淤积的沙已卜降3米，城门前的一道沙梁也消失了。

要照看3000亩梭梭林，需苏和花费极大的精力。春秋，三天两场

◆在苏和的房前，有一株野生梭梭。十几年前，苏和刚来的时候，梭梭差不多七八十厘米高，因为干旱，奄奄一息，苏和给它浇了几次水，救活了这株梭梭。现在，梭梭已经深深扎根，长到了七八米高。

风，出门一趟，口鼻、衣领和鞋子里面就塞满沙尘；夏冬，沙漠中的气温要么酷热难耐，要么严寒透骨。还有老鼠、野兔、骆驼不断给他们的梭梭制造着麻烦。但梦在前方，苏和已经看到了绿色的跳动，即便再麻烦不断、再艰苦，他也会坚持下去。

在苏和所住的平房里，几件衣服都是劳动时穿的，老两口没一件像样的衣服。再过两天，他就要带着老伴儿去北京参加"时代楷模"的录制和颁奖，他说："穿这样的衣服去怕北京人笑话，从巴彦浩特镇家中过来时，也没拿像样的衣服，只能到额济纳旗买几件了。"

2014年4月28日，北京，中央电视台演播大厅，中宣部会同国家林业局向全社会公开发布并表彰"时代楷模"苏和、塞罕坝机械林场的先进事迹。在央视演播大厅内，苏和接受了主持人敬一丹的采访。

苏和说："这次中宣部给了我这么高的荣誉，我确实没想到。我原来就想在那个地方造点林子，根据自己的能力和体力造出一片是一片，根本没有想到上中央电视台。那个时候也没有什么时代楷模这个词，一切都没有想到。最后我干了那点事情，组织上给了这么高的荣誉，我非常激动。前几年那么困难的情况下我能干下来，现在各级党组织和广大志愿者这么帮助、这么支持，我还能放弃吗？绝不能放弃它。这是我新的动力和新的目标。我认为开始了，而且上级给了你这么大的动力和支持，只要你能干、身体条件允许，你还是必须干下去。而且我也想着自己虽然身体条件各方面不如年轻时，但是还要发挥自己的优势。这几年

在植树造林方面有一定的技术，还有一定的影响力，所以我想通过我自己的行动，影响更多的人在额济纳旗或者在我的家乡造林。"

中央宣传部会同国家林业局，给予"时代楷模"苏和的颁奖词如下："苏和是内蒙古自治区阿拉善盟政协原主席，2004年从领导岗位退休后，回到家乡额济纳旗沙化最严重的黑城地区，克服许多难以想象的困难，坚持植树造林，为当地的生态文明建设做出了突出贡献。他的先进事迹，体现了忠诚于党、热爱祖国的坚定信念，艰苦创业、迎难而上的拼搏精神，一心为民、无私奉献的高尚情操，生动诠释了社会主义核心价值观的深刻内涵。"

苏和无愧于"时代楷模"的称号，他的先进事迹经央视报道后，在全社会掀起了学习高潮。来自江苏南京航空航天大学的7名学生，跨越2400千米，历经40小时车程，来到内蒙古额济纳旗，寻访时代"沙漠愚公"苏和。大学生志愿者团队抵达黑城。苏和老人看到当代年轻人这么关注环保问题，非常高兴，热情地接待了他们。大学生志愿者为苏和歌唱了由《平凡之路》改编的歌曲《绿色之梦》，老人十分开心，也为大学生讲述了自己的故事。听了苏和的事迹，全国还有更多的人在赶往黑城，加入志愿者的团队，扩大梭梭的种植面积，绿化黑城。相信在不远的将来，古老的居延文明与新时代的居延梦想会在天边额济纳融会贯通，重现光华。

无论是"时代楷模""大漠胡杨""沙漠愚公"，还是内蒙古自治区阿拉善盟政协原主席，所有的称号都属于眼前这位执着、朴实的额济纳老人。他满头白发，皮肤粗黑，双手布满老茧，与普通农牧民一样，过着平淡而俭朴的生活。也正是这位老人，以博大的胸怀和执着的信念，克服常人难以想象的困难，坚持在沙漠植树造林，为额济纳的生态文明建设做出了突出贡献。如今，年已七十的苏和老人坚守在黑城，他开始思考自己干不动时，梭梭林的出路。"在有生之年多栽几棵树，给额济纳的后人留下个好环境，将来将梭梭交给有责任心的单位或个人，是我最大的愿望。"这是苏和之于未来的想法。

"眼前，我父亲的想法还多着呢！他想打井，想扩大梭梭面积，想育更多的梭梭苗，想带动更多人到沙漠种梭梭。我们全家老小一放假就来这里帮他干活。只要是种树方面的事，我们都得听他的，没得商量。"苏和的儿子苏虎庆说道。

在苏和的记事簿里，那个原本简易的线性蓝图，现在已变成枝繁叶茂的"树状"：梭梭林的规模要发展到 5000 亩甚至于 1 万亩，将来可能更多；把黑城的沙害彻底防治住；搞沙产业开发，形成治沙产业链，给农牧民沙产业致富探探路。

2017年夏，梭梭林的面积又扩大了500亩。目标可以有，但要一步一步来，现在苏和的这点小成就就是他一点一点实现的。苏和说："十几年造成一片林，也不是规划出来的，还得靠踏实的行动才行。"

对于未来，苏和说他没有宏伟目标，只是一步一步地规划，一步一步地行动。牧民满都格日勒说："前几年，苏老送给我们一些梭梭苗，让我们回去在自家周围种，把门前环境弄好一点。我们的梭梭种活了，

苏老又给我们找来苁蓉种子，让我们种在梭梭的根部。苁蓉是名贵的中草药，长成后牧民们又多了份收入。有了经济利益，自愿在沙漠里种梭梭的牧民越来越多，生态一点点地改善了。现在仅吉日格郎图嘎查就已种植梭梭林2000多亩。"

嘎布亚图说："以前在他那帮助种梭梭，我就意识到这个人有远大的理想。他有办法发动当地农牧民，哪个牧民生活上有困难，他就点名叫过来，说你过来给我干点活，我给你钱，发工资。在劳动中，牧民们看到种树有好处，也回去种树。他就是用这种方式方法把当地的牧民给带动了起来。"

在当地政府和有关部门的帮助下，苏和植树的地方通了电，修了路，还配备了小四轮车、风力发电机等工具，生活、种树的条件已经得到很大改善。这让苏和感到非常高兴，也非常感激，他说他会一直干下去。他内心的黑城已经是芳草天涯，绿树成荫。

苏和早已是满头银发，身体也不如从前了，但植树的热情不减当年。家人都劝老人："现在植树的人越来越多，你的心愿基本上实现了，该功成身退了。"苏和神色凝重地说："这只是个开头，生态治理的路还长着呢！"在这个特殊的"岗位"上，老人给自己设定的退休期限是"直到我走不动的那一天"。

从2004年开始，苏和用了十几年的时光，用坚守换来了泽被后世的几千亩梭梭林，换来了额济纳旗深入人心的"生态立旗"的思想。苏和说，他还要继续种下去，他的寿命是有限的，但种下去的树会一直在……

老骥伏枥，志在千里。年已古稀的苏和老人，仍在用信念坚守理想，用生命谱写赞歌。他经常说："我是一名共产党员，有生之年多栽几棵树，就能给额济纳的后人留下一个好环境。"作为一名永不退休的共产党员，苏和老人时刻不忘初心，牢记使命，永葆公仆本色，用实际行动践行党的群众路线，成为当代人学习的时代楷模。

较之从前，苏和老人的生活比较有规律，"每天早上五六点钟起床，起床后就洗漱、吃早点，早点就是蒙餐，再加鸡蛋、豆浆，虽然不如大城市，但在黑城已经算比较讲究了。"苏和如是说，言语尽是知足。每天吃过早饭他就去梭梭林，有时是干活，有时是到处走走看看，到了中午就按时吃饭，吃完饭有时休息一会儿。夏天午休时间较长，春季2点多就出去干活。植树造林比较忙时，午休就短一点。下午一直干到晚饭，晚饭基本上在7点钟左右，吃完晚饭看电视。外面的资讯全凭电视提供，苏和爱看新闻，看国际的、国内的，内蒙古的、额济纳旗的。到了10点钟，他按时休息。日子一天天、一月月很快就过去了，而这里的梭梭在这日复一日的时光中，在苏和夫妇和一些人的照顾下，渐渐成长为黑城里最独特的一道风景。

2017年秋天，笔者又一次来到黑城，同行的还有额济纳旗文化局副局长那仁巴图和乌兰牧骑队员小杨。那仁巴图大学毕业后本来已在上海工作，2000年，他从中央电视台的《焦点访谈》看到《沙起额济纳》的

报道，当晚彻夜难眠，第二天他就辞去上海的工作回到额济纳。而那时的小杨还是个孩子，他说他只记得额济纳河来水的那一天，额济纳河畔真是热闹极了，孩子们高兴得手舞足蹈，而大人们却都哭了。

那仁巴图局长和苏和老人是世交，见面后，就如家人一样，无话不谈且无半点寒暄客套，他们为刚开通的京新高速公路赞叹不已，深情展望着中国西部的未来。他们说到了德国地理学家李·希霍芬教授的多卷本名著《中国》中提出的"丝绸之路"概念，说到瑞典探险家斯文·赫定在《丝绸之路》对中国西部的畅想："旅途中，我一直都在想象，仿佛已看到一条崭新的公路穿越草原和沙漠，一路上有无数的桥梁架在河川小溪和水渠沟壑上……公路的路线会忠实地沿着古代丝路上商队和车轮留下的足迹和车辙向前延伸，到了喀什噶尔，也绝不意味着它已到了尽头。"

中国西部直通祖国心脏北京的高速公路通了，国家实施的"一带一路"又用铁路贯通了欧亚。短短40年，中国的改革开放已经取得了巨大的成就。通过包产到户，解决了人们的温饱的问题；建立的社会主义市场经济体系，使经济实现了腾飞，一跃成为世界第二大经济体，创造了世界经济史上的奇迹；在科学技术方面，我们也取得了巨大的进步，无论是基础科学研究还是高科技，已经与世界前沿水平接近或持平，有的甚至领先；40年来，我国已实现了国防现代化，我国自行制造的航母、无人机隐形战机以及世界上类型最全的导弹体系——东风，捍卫了伟大祖国的国防；着力打好防范化解重大风险、精准脱贫、污染防治三大攻坚战，推动经济建设、政治建设、文化建设、社会建设、生态文明建设取得新的重大进展，为全面建成小康社会打下了更为坚实的基础。我们的国际地位在迅速提升，中国在国际上的威信和话语权在不断提高。

苏和老人与那仁巴图局长激动地讲着，言语中透露着他们身为党员、额济纳人、中国人的自豪与信心。他们提到了从额济纳发射的神舟飞船，还有从西昌卫星基地发射的中国北斗卫星就要在太空组网。

一句话，厉害了，我的国。

一架战斗机呼啸着飞过了黑城的上空，这是从额济纳的国防科工委基地飞起的新式战斗机。苏和老人激动得脱帽向飞机挥舞呼喊，大家也都跟着挥手呼喊起来。

就在要结束这篇文章写作之时，突然听到一个巨大的喜讯，中国投资4万亿的超大调水工程——"红旗河"调水工程已完成勘测设计。这条人工天河将从青藏高原的雅鲁藏布江引水，全程6188千米，落差1258米，年调水600亿立方米。为惠及更多地区，设计了3条线，通向延安方向的"红延河"，通向内蒙古、北京方向的"漠北河"以及通向吐哈盆地的"春风河"，三条支渠灌入中国广阔的西部干旱地区，受益面积达30万平方千米，受益人口达几亿。

西部调水一举改变了中国的生态格局，水命的额济纳将重现树木葱茏、百兽往来的昔日盛景。

伫立在额济纳河畔，遥望着沙漠上日渐丰腴的绿色，正在修缮的古老城池，还有一拨拨不断涌来的志愿者团队，苏和老人豪情满怀。西部的崛起已经是中国未来的必然。因为有国家政策的指引与扶持，还有丰

富多样的西部资源、奋发的西部精神、独特的西部经验、浓郁的西部人文以及对现代生活充满向往并为之奋斗的人们。随着改革开放的深入发展和西部大开发战略的实施，中国必将会迎来一个山川秀美、经济繁荣、社会进步、民族团结、人民富裕的新西部。

◆古老的额济纳河

后　记

2018年9月的一天，像往常一样，苏和老人五点就起床了，他走出家门，登上那辆装着大水箱的解放牌汽车，向梭梭林驶去。

车轮碾碎了一个沉寂的清晨，也开始了苏和在黑城日复一日地劳作。如果不是与接下来发生的事情连在一起，苏和并不觉得今天与昨天、明天有什么两样。

太阳很快升起来，黑城热浪蒸腾，苏和在黑城北面新栽下的那片梭梭林忙碌着。就在这时，旁边转动的割草机将苏和老人的一条腿绞了进去，老人被送进医院。由于患有严重的糖尿病，多次手术之后，伤口仍旧难以愈合，这条腿终究保不住了，只能截肢。我不敢去想老人遭受了多大的罪，这是常人无法承受的。可当安上假肢能站起来时，苏和又第一时间回到黑城，回到他心爱的梭梭林。苏和说："只要我的腿还能走，还能开车，我就还能种树，还能给梭梭浇水。"在老人住院治疗的日子里，老人的妻子德力格一直守在黑城边看护梭梭。

"美丽的额济纳／可爱的家乡／你神奇富饶／洒满春光／额济纳河水／哺育我成长／居延海畔是我出生的地方／浩瀚戈壁有个宝藏／胡杨红柳是天然牧场……"这是苏和最爱唱的一首歌，尽管歌词几经修改，但苏和老人还是最喜欢那句"居延海畔是我出生的地方"。老人心心所念和营造的就是那片消失已久的居延黑城绿洲。建设千里生态，还黑城草木繁茂的本来面目。

十几年来，在苏和的不懈努力和众人的帮助下，长势喜人的万亩梭梭林已经围绕黑城的北边，形成一道半月形的绿色屏障，拦腰斩断了扑向黑城的沙龙。在他的带领下，越来越多的农牧民爱上种梭梭，当地的很多单位和个人也都在黑城及其周围留下了绿化家园的足迹，全民治沙造林在额济纳旗成了一种自觉行动，沙乡生态环境由此得到了全面改善。

2018年，苏和老人的孙女阿拉腾娜布其大学毕业后，决定留在爷爷的身边，一是照顾爷爷奶奶，二是跟着爷爷在黑城植树造林。这是苏和来到黑城后最大的收获。他说，当年自己做了，才得到别人的认可，而现在自己的孩子也做，就有望获得整个时代的响应。

图书在版编目（CIP）数据

额济纳河畔 / 牛海坤著 .-- 呼和浩特 : 远方出版
社 ,2017.11（2019.11 重印）
　ISBN978-7-5555-1113-7

　Ⅰ .①额…Ⅱ .①牛…Ⅲ .①报告文学－中国－当代
Ⅳ .① I25

　　中国版本图书馆 CIP 数据核字 (2018) 第 003645 号

额济纳河畔

EJINA　HEPAN

著　　者	牛海坤
责任编辑	云高娃　王　福
责任校对	云高娃　王　福
装帧设计	王改英
封面题字	李　力
出版发行	远方出版社
社　　址	呼和浩特市乌兰察布东路666号　邮编010010
电　　话	（0471）2236473总编室　2236460发行部
经　　销	新华书店
印　　刷	内蒙古爱信达教育印务有限责任公司
开　　本	170mm×230mm　1/16
字　　数	191千
印　　张	17.5
版　　次	2017年11月第1版
印　　次	2019年11月第2次印刷
标准书号	ISBN978-7-5555-1113-7
定　　价	62.00元

如发现印装质量问题，请与出版社联系调换